NF文庫
ノンフィクション

陸軍看護婦の見た戦争

上海陸軍病院での四年間

市川多津江

JN131074

潮書房光人新社

はじめに

昭和十二年七月七日夜、中国、北京の南郊あたりにある盧溝橋《ろこうきょう》で、日本と中国の軍隊が衝突した。それが日中戦争のはじまりで、一般には支那事変と呼ばれていた。

そこでおこった戦争の、小さな火は、やがて祖国を焦土とも化すべき大きな炎になる要素を、数多く含んでいた。

戦争は次第に大きくなり、方々の町や村から、父や夫や、息子たちは、有無をいわせず、召集令状という赤紙一枚でかり出された。

したがって、戦争が大きくなれば負傷者や戦病者があふれる。看護婦の方も、日赤救護班の看護婦だけでは足りず、陸軍省は、正看の免許を持った者を一般から募集した。

傷ついた兵隊さんの役に立ちたいという一心で、二十歳の私は応募した。採用になり、冬の東支那海を越えていったのは、昭和十四年十二月十四日であった。任地先の、上海陸軍病院で体験したことは、私にとってすべてが驚くことばかりの連続だった。

祖国の勝利を信じて、私たちの青春は燃えていた。

戦争の無意味なことも知らされず、また知ることもなく、ただひたすらに、傷病兵の看護に懸命であることが、私たちに課せられた使命でもあった。

肉親や、恋人に看とられることもなく、黄泉《よみ》のくにに旅立っていった多くの人たち。その人々の死を前にして、己れの職を離れ、どれほどの涙を流したことだろう。

大陸の広い平野に、沈んでゆく赤い夕陽を眺めて、故郷の、父母や弟たちを恋しがり、満天の星や、皓々とした月を仰いでは、祖国日本へのひたすらの想いに、涙した日も幾度あったか。

でもやがて、軍の生活にも馴れた私の青春は、暗いことばかりではなかった。持ち前の、生来の楽天的性格で、随分とずっこけマンガの面白い日々もあった。今ほどの自由がなかった時代の一刻一刻は、とても人切な時間であったように思う。

戦争のない平和な今、なぜ若い人たちは死に急ぎをするのであろうか。自殺、交通事故、殺人、最近ではテレビのコマーシャルの、〝一気〟ということばにさそわれ、酒やビールを一気のみしたり、のまされたりして、急性のアルコール中毒にかかり、死亡した若者もいると聞く。

一つしかない大切な生命に、も少し厳粛な目をむけてほしいと思う。

自分の意志の、全く介在しない若者たちの死や、むごたらしい負傷兵の傷などをみて、私は、二度とあってはならない戦争をとおして経験した、「命さえあれば」という思いをしたあの頃のことを終生忘れず、どんなにつらいことも、必ずのり越えることが出来ると、自分自身への心のムチと、励みにしている。

私のこの、少しばかりの戦争体験を、戦争を知らない世代の人々に残しておきたいためと、たくさんの人たちに読んで頂くことで、地下に眠っている亡くなった兵士の皆さん方の魂も、浮かばれるのではないかと思ったのが、この本を執筆するきっかけになった。

陸軍看護婦の見た戦争

目次

陸軍看護婦の見た戦争

上海・千田部隊の正門（昭和 15 年 7 月 7 日）

出発

地方の看護婦養成所を卒業し、検定に合格、資格を得た私は、戦地（中支那方面）の陸軍病院に応募した。

「家の男の子はまだ小さくて、お国の役には立たない。女でも看護婦という仕事があれば、傷ついた兵隊さんの看病が出来て、立派にお国のためにつくすことが出来る」という母の、切なる願いによる応募であった。

採用試験は山口市内の日赤病院で行なわれた。私が到着した頃には、すでにたくさんの応募者が集っていた。試験の内容は思ったよりも簡単で、一般常識程度のものであった。

採用通知が来て、行先も決まり、出発の日までにはまだ間があった。荷造りを手伝ってくれながら母は、「男の子がまだ小さいから、お前だけでもお国のためになってくれたら」と、常にいっていたことなどけろりと忘れたかのように、「試験に通らんとよかったのに。何も支那くんだりまで、行かなくてもいいじゃないか」と愚痴をくり返した。だが私は黙っていた。

一人娘を遠くにやりたくなかった親の気持が、今にしてわかるのである。

私は母の愚痴を聞くと、やはり心の中が複雑にゆれてくる。でも一方では、「今となっては、あとに引けない。やるだけやるしかない」と、居直りにもとれる悲壮感が燃え、まるで自分が銃をとり、第一線の戦地に突入でもするような昂奮があった。

私が戦地にゆく、ということを聞いた近所のおばさんたちは、かわるがわる尋ねてきて、「戦地にゆくそうやね。元気を出してがんばりよ」と肩を叩いて励ましてくれた。なかには、お餞別をくれるおばさんもあった。

明日は出発、という前日の夕食には、母の手造りの赤飯と、鯛の尾頭つきが膳の上にのり、家族全員が祝ってくれた。その頃母は、二階の六畳二間に近くの工場に働く男の下宿人を常時五、六人置いていたので、その人達も加わり、それは賑やかな夕食だった。久しぶりの団欒の中で私は、広い樹海の深みに一人とり残されたような淋しさが、心のすみずみまでひろがっていった。

出発の朝、母は玄関先で、「私はここで別れるよ。船まで送りに行っても同じだから。身体にくれぐれも気をつけて、がんばっておいで」といった。船を見送るつらさを、おもんぱかってのことだったろう。

私は母の涙を背に家を出た。母と私を結んでいた〝へその緒〟が、ここでプツンと切れたような、あっけない別れであった。

父と下宿人の一人が、私の柳行李を一つずつ肩にかついで、重いのであろう、その荷を右に左にかつぎ替え、渡船場の建物のなかにある小荷物受付のところまで運んでくれた。そこで、今日の仕事は休まれないからと言い訳をして、父と下宿人は「元気でがんばってこいよ」といって帰っていった。一人になった私の荷物は小さな革のトランク一個と、布製の手下げ袋だった。

その頃、私が住んでいたところは彦島という島だったので、一度連絡船で下関の唐戸という渡船場に渡り、そこから別の連絡船に乗り換えて九州の門司港に渡っていた。この門司港から九州一円の列車が走っていた。昭和十七年に関門トンネルが開通するまでは、この連絡船が本土と九州を結んでいた唯一の交通機関だった。最近は関門橋も出来たが、彦島も下関も周りが海という地理的な要素もあり、今でも重宝されて船の利用者が多い。

その連絡船に乗っている私のほてった頬に、初冬の海風が心地よい冷たさを与えてくれた。

門司港に到着した私が乗船した船は、七千五百屯《トン》の軍用船「しやとる丸」であった。昭和十四年十二月十四日午前十時、当時二十歳の私が、異国へ出発するときが来た。巨大な船体は、少しずつ方角を変えながら、門司港の岸壁を離れようとしていた。

「祝、出征」とスミ黒々と書かれた白い布タスキを肩から胸へかけて、兵隊さん達のカーキ色の軍服が真新しい。船の甲板上に並んだ兵隊さん達が手に手に日の丸の小旗を持って、さかんに振りはじめた。二度とふたたび見ることが出来ないかも知れない、故郷の空や海。家族の姿をも一度この目にとらえたい、という心のあせりからか、兵士達の眼は異様にも血走って見えた。

岸壁に集っているあふれるばかりの人々が、それぞれに叫ぶ「バンザイ。バンザイ」の声が、怒濤のような響きを持っておし寄せてくる。

「しやとる丸」を見送る軍楽隊の兵士達が、軍歌の吹奏をはじめた。その音楽に合わせて送る者、送らるる者の口から、いや喉から、胸の底から歌う軍歌が、雄壮でもの悲しく哀調を帯びて、港一面に広がっていった。

船上と岸壁との空間を遮るものは、たったの海幅――、二メートルのことなのに。でもそれは、戦争という重い十字架を背負わされた人々が、絶対にのがれることの出来ない、苛酷とも賭ともいえる運命の分れ道であった。陸と船の間はだんだん距離が離れてゆく、生と死をかけたさまざまの〝別れ〟の光景であった。

「元気でねえー。いってらっしゃあーい」

「さようならー。さようならー」

親や子であろう。また妻や恋人であろう。たくさんの人々の、血を絞るような悲涙と激情の声の渦が巻きおこる。あまりの感動の激しさと悲しみの深さに、私の目からは大粒の涙が滂沱《ぼうだ》として頬を伝う。一度涙腺の堰が切れた涙は、とめどなく流れ、嗚咽となってあふれてくる。

日の丸の小旗に小旗が重なり、山となった。どよめく度に、日の丸の小旗がゆれている。私も小旗を振りながら、大きな声で一生懸命軍歌をうたった。父や母や、弟たちの顔が、たまゆら浮かんでは消えていった。肉親や愛する人との別れの悲しみは、嵐となり、今にも狂い出さんばかりであった。

だんだんと船の動きは早くなり、見送る人々の顔も姿も、旗の山も、小さく小さく、果ては、船体の転回によりそれさえも視界から消えていった。十二月の空は青く、海も青く、どこまでも果てしなく、われわれに別れを惜しんでくれるかのようだった。

放心したように呆然と、しばらく甲板上に立ち続ける人たち。でもそれは、「集まれー」の号令がかかると、一瞬にして現実のわれに還り、自分の身体であって自分のものではないことを、再認識しなければならなかった。

船足は波をけってはやくなり、巨船は一路、目的地へと進んでゆく。船上では各班ごとに、それぞれの船室に割り当てられた。女性は、看護婦や事務員、雑役婦やその他を含む五、六十名であった。

私たちは、軍属の取り扱いで、兵隊さんと一緒の船室に入れられた。船室には、戦地は初めてという新兵さんたちや、内地に軍の命令で連絡に帰り、また戦地に戻る兵隊さん達で、狭い船室は若者の体臭と熱気で一杯になった。

やがて船の乗組員から救命具を渡され、使用時に於ける注意を聞いた。それから、しばらくのあいだ兵隊さん達の、くったくのない騒ぎが続いている。

「オーイ。みんな聞いてくれー。船が沈んだら、フカの餌食になるぞー。フカは、自分のからだより小さいとみれば、絶対に食いついてくるそうだ。褌《ふんどし》二枚をつなぎ合わせておけよ。いざという時には、サッと長く流してヒラヒラさせて泳ぐんだ。ハッハッハッハッ」と開口一番、冗談をいって皆を笑わせる者もいた。

「おふくろさんの写真と、彼女の写真を、肌につけておくんだ」といって、千人針の腹巻に袋を縫いつける者もいた。

私は、いざ、という時には女性より男性の方が臆病なのではと、おかしさがこみ上げてきた。

そうこうしているうちに、甲板上がなにやら騒がしくなってきた。何事だろうと思えば昼食だった。軍隊語ではこれを飯上《めし》げといった。私の記念ともすべき軍隊の飯は、まことにこの昼食からはじまったのである。

兵隊さんがついでくれた一杯ずつの麦飯とおかず。それにタクワン二切れ。飯の味は、海水でとぎ真水で炊いてあるのか、塩味が丁度よい加減でおいしかった。大ガマで、圧力を使って炊くという最良の条件もあってか、ふんわりと炊き上がっていた。

船路の途中、九州の伊万里沖で他の護送船団と合流して、中支那大陸へと向かう。

船室は二段にわかれており、女性は上段の座席である。その女性たちの座席に夕食後のこと、兵隊さんの方から声をかけてきた。これから先の不安や、もろもろの思いを打ち消すかのように。

「トランプをしませんか」と、トランプを振って見せた。女たちの間には、一瞬沈黙があったが、「ええ、やりましょう」と誰かが返事をした。するとすぐに、若い兵隊さんが五、六人、梯子を上ってきた。私は、トランプはやったことがないから、と断ったが、再三誘われて仲間に入った。

私の右隣りに、陸軍曹長が坐り、トランプのルールを全く知らない私に、いろいろやさしく教えてくれた。背が高くハンサムで、軍服がよく似合っていた。高山曹長殿、とその曹長の当番兵らしき人が呼んでいたので、その方が高山という名であることを知った。

トランプのゲームをくり返しているうちに、硬くて厚い心の壁がだんだん薄くなり、ほのぼのとした暖かさに変わってゆく。トランプの合い間に、私は高山さんと二人だけの会談をした。

「どこまでゆかれますか?」と聞かれ、私は、「上海です」と答えた。

「ああ、上海ですか。上海は良いところですよ。一般に長崎県上海市といわれるほど、日本と近いし気候も余りかわりませんよ。日本人もたくさんいます。自分も上海にいたことがありました。そうですか。上海ですか」

「曹長殿は」

「自分は漢口《ハンカオ》です。内地に連絡に帰ってまた戻るところです。次はどこに移動するかわかりません。まあお互いに元気で生きていましょう。落ち着かれたらお手紙でも下さい。待っています」といって、名刺を下さった。名刺を受け取った私は、ずいぶん遠い昔からこの方を知っていたような、そんな親しい思いが心の中を占めていった。

二時間余りトランプに興じていただろうか、消灯時間が近くなったので、兵隊さん達は、それぞれ自分の場所に引き揚げていった。昼の間すでに配られていた敷布団と掛布団各一枚と、毛布二枚で眠むことになった。

消灯された船室の闇の中から、ボソボソと小さな話し声が聞こえてくる。私も、家の父母や弟たちのこと。これから先のことなどいろいろ考えていたら、不安がわいて、なかなか寝つかれなかった。そのうち、みんなの間から寝息が聞こえてきて、次第に夜は更けていった。波は激しく船壁を叩き、その音はますます高くなってゆくようだった。

夜中に、小用を足したくなった私は目が覚めた。眠っている間はわからなかったが、船が相当ゆれていることに気がついた。鉄製の梯子の手すりをしっかりと持って、一歩一歩を踏みしめるようにして下段の船室に降りると、甲板上のトイレに行くためにまた狭い急な階段を登っていった。甲板に出ると、真黒くスミを流したような空と海。薄暗い裸電球に照らされて、白くとび散っている波のかけらだけが、空と海との境界をわずかに作っていた。真黒い海を甲板からのぞいたら、身体ごと引きずり込まれそうになった。

次の日の朝が来て、暖かい太陽の光は、海にも船にも輝いていた。朝食がすんで、甲板では、兵隊さん達も卓球やキャッチボールに興じ、わが身が、大海の船上にあることを、しばし忘れているようだった。一方船室内では、腕相撲やトランプ、携帯用の将棋などで、自分の時間をそれぞれに楽しんでいる。私たちも、兵隊さんの中に混じり卓球をしてしばらく遊んだが、なにしろ風が強く、球拾いが多かった。私の得意とする打ち込みが出来ないのが残念だった。

交替で飯上げ当番をしたりして、早いもので乗船してから三日目の朝を迎えた。見渡すかぎりの海原は、黄色く濁っている。兵隊さんの話では、もう黄海に入っているそうで、目ざす支那大陸も近いとのことだった。

私も頭の中に、大陸の地図を広げてみる。夢にまで見た大陸。そしてこの広い大陸のどこかで、激しい戦いが続けられ、数多くの若い命がこの地上から消えてゆきつつある現実に、矛盾と憤りに似た感慨を抑え切れず、私は目をとじた。頬を伝って流れてきた温かいものは、私のセンチメンタリズムだったのか。それとも、無情なるものへの怒りだったのか。

船はますますゆれながら、前進、前進、また前進であった。一定の間隔をおいて、輸送船を護送する軍艦の一団。他の輸送船もいつどこで合流したのか、十数隻になっていた。黒々とした雄姿の軍艦と、輸送船団が一体となって白波をけり、大陸に向かうさまは、若くて多感な私の感情を燃えさせるものがあった。

夕方五時すぎに上海港に入港し、飯田部隊激戦のあとといわれる飯田桟橋に船体は横着けされた。冬の太陽はかげるに早く、あたりにはもう夜の色が、静かに漂いはじめていた。

高山曹長は、心よく私たちのことで桟橋事務所まで足を運んで、連絡を取って下さった。すでに出迎えにきていた陸軍病院の大きなトラックには、夜目にもくっきりとした赤十字のマークが印されていた。私はこの美しい、最高の愛のしるしのために、この若さをこの情熱のすべてを賭けるのだと、決意をさらにあらたにしたのである。

私たちのグループは、十八人になってしまった。南京や蘇州に行く人もあって、減ってしまったというわけだ。トラックに乗り込んだ私は、かの曹長を探した。そして瞳が互いに合った時、不覚にも涙がこぼれそうになった。

「やあ。元気でいってらっしゃい。元気でさえいれば、いつかまた逢うことが

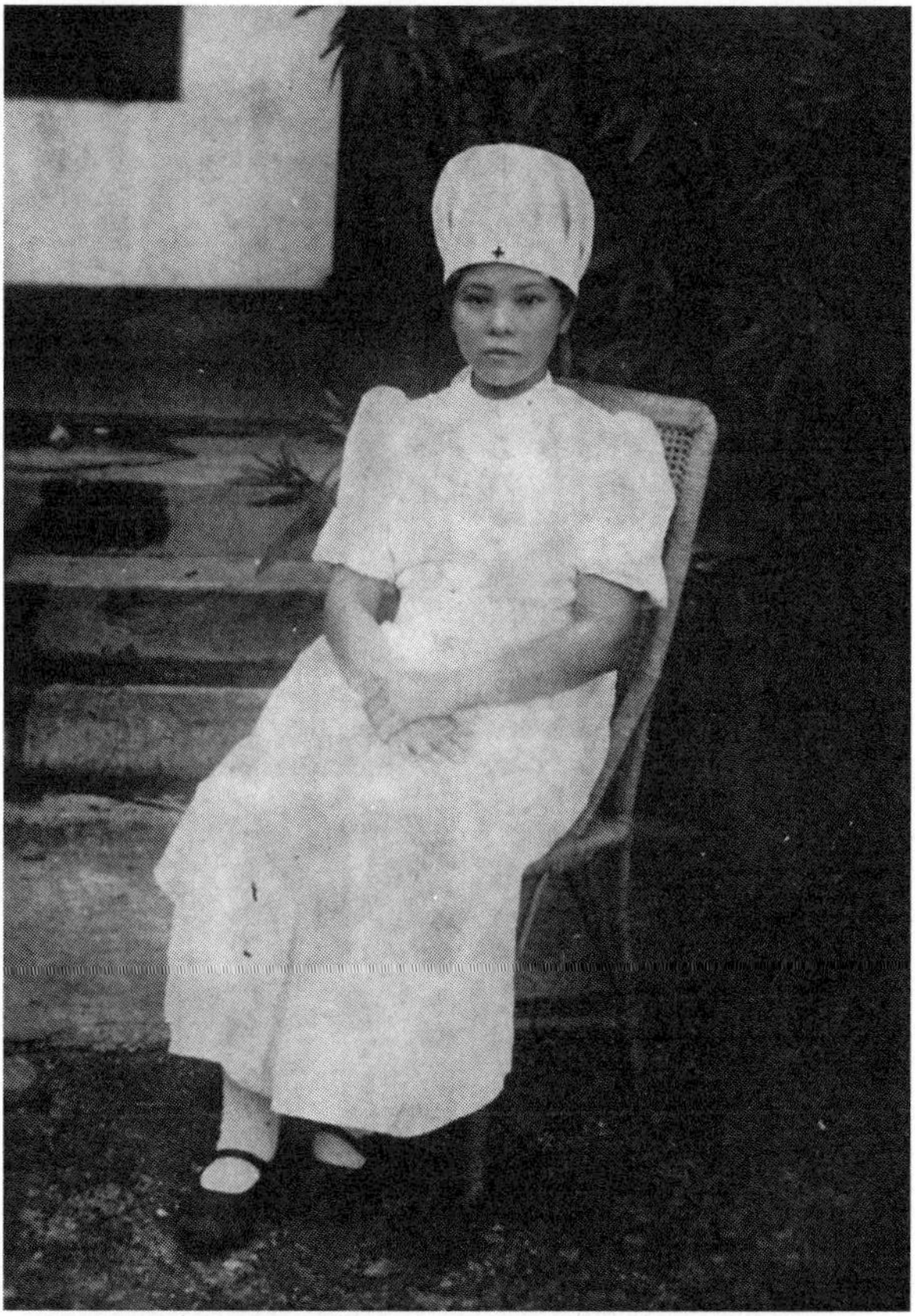

寒冷紗の帽子と制服。従軍看護婦当時の著者（昭和15年）

必ずありますよ」

「はい。きっとまた逢えますね。……ありがとう……」

たった二、三日の短い日々ではあったが、胸の中が切なくなるほど、甘美の感情を抱き、また暖かい心で私を包んでくれたこの人。なのにこれ以上の言葉を出せば、今にも泣き出しそうになる私であった。でも心の中にある、「好きです」というたった一言をいってお別れしたい。早く！　と気持があせればあせるほど、腹立たしいぐらい何もいえなくなる私だった。

トラックのエンジンの音が暗闇に響いて、無情にも車体は動きはじめた。

「さようならー。ありがとう」と私は、いつまでもトラックのホロの間からハンカチを振り続けた。

二十歳の私が、初めて愛しいと思った人との、つかの間の出合いと別れの夜だった。これがこの人と、二度と逢うことのない別れになろうとは知る由もない私であった。

大陸に吹く夜風は、肌に刺すように冷たく、悲しみの涙はあふるれように流れた。

千田部隊

トラックでどのくらいゆられて走ったのか。

ネオンの明滅している町並や、うす暗い露路を、車上のホロの隙間から見ながら、これが支那大陸か、これが上海の街なのかと、私の感銘はひとしお深いものがあった。やがてトラックは、「千田《ちだ》部隊」と書かれた部厚い看板のかかった、石の門を入っていった。門の片側に衛兵所が建っており、そのそばに、捧げ銃《つつ》をして直立不動の姿勢で立っている兵隊さんに、強度の緊張感を覚えた。

トラックから降りた私たちは、飯田桟橋まで迎えに来ていた衛生伍長に連れられて、本部の事務所に入った。本部の事務所入口に、「発着所」と小さい看板が掛かっており、そこが発着所であることを知った。

その発着所には、白衣の左腕に、赤い腕章を巻いた婦長らしい人が出迎えに見えており、伍長に「ご苦労様。大変でしたね」と、ねぎらいの言葉をかけると、私たちにも声をかけた。

「皆さん。長い旅で疲れたでしょう。今夜はもうおそいから宿舎でゆっくりおやすみなさい。これから宿舎の方に案内を致します」というと、私たち一行を連れて発着所を出た。

ところどころに外灯のともる暗い道の建物の角々を通り抜けながら、看護婦宿舎へと向かった。宿舎に向かう途中で婦長は、兵舎には絶対に女は立ち入り禁止で、また看護婦宿舎にも兵隊は、公用以外には絶対に入れないことなどを話してくれた。

相当古いコンクリートの、冷んやりとした看護婦宿舎に入ると、二階に続く階段を登った。「さあ皆さん。一度整列してみて下さい。この人までを第四内務班の七号室に入ってもらいます」といいながら、婦長はまるでミカンの山でも分けるように、私たちの間を両手で仕切り分けていった。

七名が七号室に入ることになり、あとの者は、古参看護婦の部室にそれぞれ割り当てられた。私は七号室に入ることになった。

整列した廊下のすぐ前の部屋が七号室で、二十畳敷ほどの広い板の間に畳が敷いてあり、押し入れがないので、その分を板ばりのまま一画残してあった。そこにカーテンが引かれて押し入れのかわりにしてあった。布団類や行李などを納めるところだ。手箱が一人に一個ずつ与えられて、各自手荷物などの整理をはじめた。大きな荷物は明日もらうことになっていた。

少し落着きの出てきた私は、これから先、仲良くやってゆかなくてはと、七号室のメンバーの一人一人の顔を、改めて見直した。北九州小倉出身の渡瀬知子、山口県田布施出身の内藤元子、その他いずれも山口県出身の大野加代、吉野タミ、春田安子、山本イネ子、それに私、田中タヅエ以上七名である。船中ですでに親しく口をきいていたので、心安さでつい話がはずんでくる。

「この部屋は、新しい者ばかりでよかったね」と、そのことがいちばん、みんなにもうれしかった。でも一方では、他の部屋で知らない人達の間に混じって、淋しい思いをしているだろうと、一緒に内地から来た人のことが気にかかった。

突然、私たちをびっくりさせて、カラン、カランと教会の鐘を思わせる鐘が、宿舎中に鳴り響いた。各部屋のドアを開け閉める音が頻繁に聞こえ、先ほどの鐘が、消灯の知らせであること、それでトイレに急ぐ人達であることもわかった。宿舎の部屋部屋も、兵舎も、病棟と思われる建物も、一斉に灯が消された。そして、静かな夜の眠りの刻がきた。

私は、何にも見えない闇の中で、船中で頂いた曹長さんの名刺を、お守り札のように大事に胸に抱いていた。もろもろの思いを巡らしていると、いつの間にか、眠りの天使にいざなわれるようにして、深い眠りに入っていった。こうして、上海での第一夜は更けてゆく。

まだ眠りの覚めやらぬうちに、カラン、カランと朝もやの流れる中を、鐘は鳴りひびく。六時の起床の鐘である。それと同時に、兵舎の方角から勇ましい起床ラッパの音が聞こえ、あたりが騒々しくなった。洗面所もトイレも、列をつくって順番を待っている。やがて私の番がきたが、五つあるトイレの左端に並んだために、大恥をかくことになった。

そこは洋式だった。その頃はまだ日本には一般には普及していなかったので、私は、生まれて初めて洋式トイレというものを見た。どうしてすればいいのか、さっぱりわからないので、便器の枠の上にサンダル下駄のまま上ってみたが、すべりそうで不安定だ。こんどは枠も全部上にあげて、「ええ、ままよ」と、田舎のおばあちゃんが時々田んぼでやっていた、その形を真似てやっと用を済まし、ほっとしたのもつかの間。中の悪戦苦闘などつゆ知らぬ外では、「早くー。早くー。何してるの」とドアを叩く。トイレの外に出た私は、当然なが皆の蔑視の目が待っていた。

六時三十分に、点呼の鐘が鳴ると各内務班の看護婦達は、白衣に着替え整列して、週番士官の巡回を待った。まだ軍隊生活一年生のホヤホヤ。というより昨夜着いたばかりの私たちは、何もかもが珍しく呆然として、ただ先輩に習って並んでいるというだけだ。

「イチ、ニイ、サン、シイ、ゴオ」と、気合いのかかった番号に、一瞬私は度肝を抜かれてしまった。背の高さの順に並んでいるし、私服の私たちは、古参看護婦の間に挟まれているので、われわれのところにくると番号の調子がさがり、リズムが狂ってしまう。「番号。もとい」と、最右翼に並んでいる看護婦が、番号のやり直しをさせる。

何回もやり直しの特訓を受けていると、週番士官がやってきた。昨夜の週番婦長がお付きである。その婦長が、週番士官の耳もとで何かいっている。「昨夜着いたばかりの看護婦が入っておりますので」とか、いったに違いない。

苦虫を噛んだような顔をして威張っていた士官が、顔に少しやさしさを浮かべてうなずいた。

人員確認の点呼が終わると、七時から朝食である。船と同じようなアルミニウムの食器に、盛り切りの麦飯と味噌汁。それに福神漬、塩昆布が少しごはんの上にのせてある。古参看護婦ともなると、どこから手に入れるのか玉子を一つぽんと割って、味噌汁に入れてアルミニウムの食器のまま、ガスで温めている。それを見て私は、意地汚いけれど、早くあのようになりたいと思ったものだ。

外科病棟勤務

私たちも、新しい白衣と帽子をもらい着替えると、出勤の用意ができた。白衣は、地方の病院と変わりはないが、帽子は違っていた。寒冷紗の布地を使い、布を二つに折って中央から、国花である菊の花びらを型どって、八本ずつひだをつける。そしてふちを縫いつけて出来上がる。東京班と大阪班とで帽子の形も違っていた。一週間に一回くらいの交換で使い捨てだった。本当は個人がそれぞれ作るのだが、上手に作る人は、皆の帽子も引き受けて作っていた。

八時に出勤のため、配属された病棟の婦長に連れられ病棟に行った。私は第一区の第一病棟で、外科の巡視病棟勤務になった。婦長の話では、各宮様や参謀閣下の巡視は度々行なわれ、そのたびごとに床洗いや、ガラス磨きがくり返されるそうだ。

第一病棟は二階建てのコンクリート造りで、階下にはレントゲン室。大理石を使った長い廊下の中央にある診断室と処置室兼用の部屋を挾むようにして、左右に兵士用の大部屋が二つある。どちらも一部屋に五十名くらいは収容できた。階上には手術室、事務室、入院患者将校専属の当番兵室。あとは、将校用の二人部屋がたくさんあった。その個室には、兵士であっても、一、二報（重症）の患者は、入室させることがある。

階下には私、階上には内藤、手術室には山本と決まった。

第一病棟担当の婦長は、日赤大阪班出身の「黒坂」といった。当時四十歳すぎで、子供が内地に三人いる、といっていた。目の細い、面長の顔でやさしい婦長殿であった。担任軍医は、朝川軍医大尉であった。

病棟の中は、たくさんの患者がいるとも思えない静けさである。古参看護婦も出勤してきて、全員顔が揃ったところで診断室で申し送りを聞く。明番《あけばん》の看護婦は病床日誌を前にして、夜勤の間の患者の症状を申し送る。日勤者一同は、明番からの患者に対する申し送り事項を一言も聞き漏らさないように、緊張して聞く。これが大事な、横と縦の連絡網だから。

申し送りがすむと婦長は、私を皆に紹介してくれた。「今日から勤務される、田中タヅエさんです。いろいろのことを教えてやって下さい」と。

勤務内容は、日勤、宵番、明番に分かれている。宵番、明番ともに夜勤のことで、前半夜、後半夜と勤め、病棟内における全責任を全うする。いまの三交代制と同じである。診断日は週二回であるが、患者の急変及び重症患者の場合は、その限りではない。月に一回、「千田軍医中将閣下」の回診があるが、その時は副官その他、お付きのお偉い方がぞろぞろ来られるそうだ。

いろいろの話を聞いたあと、私たち新しい者はそろって、部隊長殿及び本部の各将校に申告（挨拶）を済ますと、それぞれの持場に散っていった。当分のあいだ様子がわかるまで、古い人たちに付いて回り、さしずめインターンというところである。

病棟勤務をして、初めて病室内に入ったとき、患者の目がいっせいに私の方を向いたので、羞恥心のために、蚊の鳴くような声を出していたのだが……。地方の一般病院と違って、ここ陸軍病院というところは兵隊さん達、すなわち若い男ばかりの患者なので、余りやさしくしたり、女らしかったりすると、とても勤まらないということがだんだんわかってきた。患者も人によりけりだが、やさしい言葉をかけると、人より自分に何か特別な感情を持っている、などと錯覚を起こす〝うぬぼれや〟がたまにいるので、困ることがある。

日が経ってくるにつれて、病棟生活にも、軍隊という枠の中の生活にも馴れてきた。勤務の合い間にときどき、看護学や救急手当等の講義や、実技があった。そのうちに、宵番や明番の勤務にも付くようになった。

上海・千田部隊の病舎全景。後方は上海市街（上写真）と、
グラウンドより望む千田部隊新館（いずれも軍事郵便絵はがきから）

宵番は、病棟において八時に点呼がある。第一区病棟には、四つの病棟があった。それぞれの病棟受け持ちの軍医士官が、交替で夜勤をしていた。八時の点呼の時間には、日直の士官が肩より赤タスキをかけ、下士官を連れて点呼に回ってくる。二人の履いている軍長靴《ぐんちょうか》の音が、コツコツと高い天井にひびいた。

私は緊張して直立不動の姿勢で、診断室前の廊下で待っていた。先ず初めに、隣の病室の下士官である室長の報告がある。「八号室。総員五十名。事故三名は担送。その他異状なし」と挙手の礼をして終わる。次は私の番になった。直立不動のからだが、小きざみに震えているのがよくわかる。頭を四十五度の角度に下げて敬礼をすると、「第一病棟。患者総員八十九名。担送三名。護送二十名。独歩六十六名。一報患者一名。一報患者現在異状なし」と、われながらよく透る声で、報告が終わる。一人で初めての夜勤でもあり、緊張のあまり報告が済むと、どっと虚脱感を覚えた。

点呼が終わると、少し気分がほぐれた患者達は、消灯の九時までを楽しくすごしている。消灯ラッパの音が、夜霧の中に溶け込んでゆくように、音韻をひきながら鳴り渡ると、ある患者が、消灯ラッパの音に合わせて詩を付けて教えてくれた。「新兵さんは可愛いやなあー、また寝て泣くのかよー」というそうだ。ちなみに起床ラッパの詩は、「起きろよ起きろ、はよ起きろ、起きなきゃ上等兵にしかられる」というそうである。

消灯ラッパの音で、各病棟、各病室の電灯は消されていった。それから看護婦は、一時間ごとに病室を、懐中電灯で足元を照らしながら巡視をして歩く。布団をはいでいる者。足のすねを出してねる者。ベッドから転げ落ちる者。がりがりと歯ぎしりする者。大いびきをかく者。寝言で回りの者を驚かす者。これが皆どこかの息子や父親であるかと思うと、全く愛らしき存在かなである。

担送患者はもちろん、護送患者でも歩行困難の者は、ベッドの下に紐でくくった尿器が置いてある。尿器といっても薬の空瓶利用である。懐中電灯で照らしながら、両手に下げられるだけの尿器を集め捨てにゆくカチカチと瓶のすれ合う音がする。重症患者の中には、目を覚している人もいて、「看護婦さん。ありがとう」とお礼をいわれると、疲れがとんでゆくようだ。襲ってくる痛みなのか、家族への激しい思慕のためか、いつまでも寝つかれないのであろう。

明番と交替の時間近くになると、も一度見まわって、異状のないことを確かめると、看護日誌を書きはじめる。午前一時からの勤務の人のために、ダルマストーブの燃えかすの灰を落とし、新しく石炭を投げ入れると、ゴーゴーと激しく音を立てて燃えはじめ、真赤な炎が部屋を暖めてくれる。病院の周りには、刑務所のような高いコンクリート塀が築かれているので、こつこつと銃を持った衛兵が巡視する軍靴の音が凍てつくようにひびいて聞こえ、一人ぼっちの私の心を強くしてくれる。

さあ、やがて交替の時間が来る。

院内にも春がきた

大陸の雪におおわれた寒い冬も、やがて春近くなると黒い地肌を見せはじめるようになった。院内のはずれにある温室には美しい花が咲き乱れ、むせるような甘い香りとともに、一足先に春がきていた。

三月のやわらかい太陽の光は、いろいろの花を育ててくれる。春はいつ来ても楽しく、病棟の周りや、看護婦宿舎の入口は、バラの花の生垣で囲まれていた。白とピンクの丸い小さな花が、こぼれるように咲いている。

ここはもと、フランス人経営の病院だったそうで、庭の中央部にコンクリートで出来た、キリストの像がある。聖衣を着たキリストが、両手を空にむけて広げている。その像を取り巻くようにして、バラの花が咲いていた。花壇には、チューリップや三色スミレなど春の花が飾られていた。

そよそよと吹く春風の心地よさは、人々を心の桃源境へと誘ってくれる。患者達は外出のできない籠の鳥のようなもので、春の季節は特別にうれしいらしく、三々五々散策や卓球に、または読書、碁や将棋などを楽しんでいる。冬の寒さが厳しければ厳しいだけ、春の喜びは大きかったようだ。

陽だまりで、虱《しらみ》を退治している人は、最前線より送られて来た患者である。動物園の猿を思い浮かべるような所作ではあるが、笑うこともできない。

狂気に走らせたものは

ある春の夜。私の宵番の時であった。

「エイッ。エイッ」と異様な声がして、〝バシリ、バシリ〟と、激しい音がするので、私は驚いて窓越しに庭を見た。某軍医が、抜いた軍刀を右手に持って、美しく咲いている薔薇の花や、たくさん植えられている立木の類を、片っぱしから、ぶった切って回っているではないか。その夜は月夜でもあって、振り回す軍刀に月の光が青白く反射して、その有様は、さながら鬼神のようであった。

その軍医には、お酒がだいぶ入っている様子で、二十五、六歳の男の性《さが》と、家族とも逢えないいらだちが、このような動作に走らせたのだろう。誰も止める者もなく、その狂気とも思える行動がしばらく続いた。

次の日の朝、庭のあちこちは、大嵐のあとのように惨胆たるものだった。この事件は、発作的な出来事で終わったが、戦地で爆撃の音や恐怖のために気が狂って、精神科送りとなった患者がたくさんいた。

ある朝のことであった。宿舎から出勤してくる看護婦を待つようにして、私達の姿が見えると、病棟入口の石段に腰をかけ、しきりに手を動かしている患者がいた。遠くからは、何をしているのかわからなかったが、近づいてよく見ると、病衣の前を開き、おのれの男根をさかんに上下作動してマスターベーションをしているではないか。私たちは、全員がショックを受けた。

軍医や婦長から何度も注意をしてもらったが、毎朝、看護婦の出勤を待ってはくり返す、その異常さにとうとう精神科に転室させられてしまった。

千田部隊１区病棟の職員。後方はキリストの彫像

恋人の身代わりとして

戦の最中に敵機の爆撃をうけて頭部に重傷を負い、前線から送られて来たその兵士は、頭部から顔にかけてぐるぐると繃帯が巻いてあった。出ているところといえば、鼻の穴と口だけであった。すでにこの患者は脳症状を起こしており、精神状態も錯乱していた。

そばに付き添っている私の手を握り、「圭子さん、圭子さん」としきりに呼ぶ。私は気味が悪くなり、そっと手を離そうとすると、いきなり両方の手で私の手をつかみますます強く握りしめた。「圭子さん。よく来てくれましたね。

僕を一人にしないで下さい。どこにも行かないで下さい」といって、なかなか手を離してくれない。私の手はちぎれそうに痛く、自然に自分の顔がゆがんでくる、そんな痛さである。

朝川軍医と黒坂婦長もその場にいた。患者の状態を見ていた婦長が、私の耳もとでささやいた。「あのね、軍医殿がこの患者はあと一時間持たないといわれるので、あなたは、圭子さんに成り代わって送ってあげて下さいね」と。私は内心、理不尽なことをと思ったが、婦長の目にそっとうなずいた。

それから、軍医の予告どおりに約一時間後に患者は、うわ言のように「圭子、圭子」と、恋人と思われるその人の名を呼び続けながら昇天していった。

狂人に近い、自分の心を完全に失っているこの患者の、潜在的意識のなかに生き続けていた圭子さんとは、はたしてどのような女性であったのだろうか。最後を圭子さんに成り代わって黄泉《よみ》の国に送ってあげた私の手に、患者が残していった赤い手形の痛みが、いつまでもとれなかった。

楽しい外出日

一般に窮屈で厳しい、私たちの勤務の明け暮れにも楽しいことがたくさんあった。一週間に一、二度頂く下給品。サイダー、羊羹、駄菓子類、石鹸、タオル、歯磨類に至るまで頂くとき。内地の見も知らない人々から送られてくる慰問袋をもらった時であった。慰問袋の中には、日用品や缶詰類のほか、手紙や写真など心のこもった物が入っており、嬉しくてすぐに返事を書いたものである。

外出の日も楽しかった。単独の行動は絶対に許可されなかったが、二、三人のグループなら上海の街の日本人租界（呉淞路、北四川路など）なら遊びに行くことができた。土曜日曜と交替で、また祭日も日替わり交替で外出できた。外出したい者は前日までに、外出届を婦長まで提出し、翌日外出となる。当日は朝八時までに本部前に集合し、外出中の注意事項を聞いたあと、服装検査を受ける。必ず制服着用のこと。日本人租界以外はテロなどで危険だから、絶対にゆかないこと。実際にあの頃はテロ事件が多かった。軍人など、階級によって賞金の額が違っていたそうだ。

私がちょうど、テロ事件があったという時間帯に出くわしたことがあった。ほんのちょっとの間に、すごく車が渋滞したことを覚えている。

いつも耳にタコが出来るほど聞く、外出時の注意事項なのに、看護婦の中には制服の下に、ちゃんと私服を着込んでいる者もいた。どこかで制服を脱ぎ、禁止区域にでも遊びにゆくのであろうか。悪いことと知りながら、お互いに見て見ぬふりをする知恵もあった。

服装検査がすむと、二列縦隊となり敬礼をして営門を出る。営門の付近には、各病棟の患者が受け持ちの看護婦を見送りに来ていた。自分たちが外出できないので、少しうらやましさが働いているのだろうか。

営門を出るまでは、百人近くいた衛生兵や看護婦も門を出ると、親しい者同志でグループを作り、バスで市街地にゆく者、また通りがかりの他部隊のトラックをチャーターする者などで、それぞれ目的地に散っていった。他部隊のトラックでも、陸軍の車なら手を上げるとすぐ止まって、便乗させてくれた。

私もよく利用させてもらった。バスに乗りおくれた時など便利だったし、どうかしたら往きも帰りも便乗させてもらったこともあるが、トラックの後ろの荷物をのせる場所に乗せてもらうのだから、足場が高くて難儀した。車の上から手をひっぱり、下から押すというふうにして乗せてくれた兵隊さんたち。あの親切さは、同じ目的を持つ同志というつながりがあったからだと思う。

街に出ると私は、時々ではあるがロシア人経営の喫茶店に立ち寄った。店内の柱やテーブルに白樺の木を使ってある落ち着いた雰囲気のある店で、椅子に坐り静かな音楽を聞いていると、そこに制服姿の私はなく、優雅で透きとおるような衣装を着て、広い野原で蝶を追って、花を摘む、そんな私になっていた。ロシア風のデコレーションケーキを食べて、おいしいコーヒーを飲む。これだけで、一週間の疲れがふっとんでしまうようだ。

私はとても映画が好きだったので、友人とよく見にいった。洋画専門の上映館の、リッツとウィリスによくいったものだ。英語は全くわからないというのに、流暢な発音の流れを聞くのが好きだった。

上海では日本と違って、すべてカットなしのフィルムなので、恋をささやく場面も濃厚なシーンが多くて、若い私は胸をときめかせて見ていた。自分の好きな男優だと抱かれているのが自分だ、なんて。心の中は自由といつも思っているから。でもそんなことが、心の中だけに止まらずに外部に出ることがあると、これはもう狂人に近い時代だったけれど。

映画の画面には、文字幕もなかったが、ストーリーをくわしく書いてあるパンフレットをロビーで貰って一応読んでいるので、結構楽しいものだった。上映中の部屋に入るときには、黒い制服に金モールを付けた黒人が（うす暗い所では、歯と金モールしか見えない）懐中電灯で照らしながら、空席を見つけ案内をしてくれる。そんな時の私は、もうすでに女王様にでもなった気分でいた。上海に「風と共に去りぬ」という有名な映画が来る、という噂に心待ちに待ったが、反戦思想の映画だからと立ち消えになったこともある。

午後四時前後になると、帰営に間に合うようにと買物をはじめる。洋服屋、菓子屋。花屋や果物の店。靴屋など。露店での買物も面白かった。道の両側に夜店のように中国人の露店が並んでいた。品物も豊富で、タオル類、木綿布地や純毛の洋服布地などのほか、ありとあらゆるものが売られていた。物資がだんだん欠乏してゆく日本から見れば、喉から手の出そうなものばかりだった。一度露店をずらりとあらかじめ見て回り、欲しいものがあると、中国商人と値段の交渉をはじめる。

「これ、トルチェン（いくら）」と私。

「〇〇よ」と商人。

「ショマ。たかいたかい。不要《プヨウ》、不要」

「たかいないよ。品物上等あるよ」

「不要、不要」

内心は欲しいのだが、その心の片鱗だに見られないように、手を振りながら歩き出す。すると中国の商人は私のあとを追いかけて来て、手をひっぱって自分の売り場に連れてゆく。

「シーサン（先生）、あなたなんぼ買うか」

「不要、不要」あくまでもこれで通す。とうとう商人の方が根負けして
「没法子《メイファズ》（仕方がない）〇〇に負けるよ。あなた買物じょうずあるね。あなたもうけよ」と変なところを賞められ、半額以下に負けてくれた。

心の中では、シメた、と思ってもその喜びを顔の表面に出してはおしまいなので、大して気乗りしないけど、というようなふりをして、「しかたないね。買ってあげるか」なんて恩着せがましく、買物をする。半額以下に負けても儲かるように、かけてあるのかも知れない。初めから買う気でかかると、高い物を買わされることになる。中国語と日本語をチャンポンにしたような、狐と狸のばかし合いのような値段のかけ合いも、馴れればうまくなるものだ。

ところが、ちゃんとした店の品物はそうはいかない。

私は、外出は制服なのに、普通の娘さんが着るようなワンピースが欲しかった。日本人がやっている洋服屋さんで注文の洋服を作ってもらった。出来上がったワンピースは宿舎の限られた中で着るだけだったが、女心というか、それだけで満足だった。

私はまた靴道楽でもあった。靴も、外出用も勤務用も制靴で、自由に履けもしないのに、好きと思う靴を買い集めては、眺めるのが楽しみだった。いつか靴屋のショーウインドーで、黒と白のコンビのエナメル靴が目についた。値段を見たら、あの頃で十五円もした。その靴を買いたいがためにお金を貯めていたが、外出の時にその靴屋に飾ってあるのを見て、安心して帰ったりした。休みのたびに外出する訳ではないので、あの靴が売れませんようにと希ったものだ。あれから三度目くらいの外出の時だったか、その靴を手に入れたときはとても嬉しかった。

内地に帰った時は、真新しい靴を十足ほど持って帰った。黒や茶、赤や紫、白やチョコレート、例の白黒のコンビの靴などなど。母は驚いてしまって、「お前は靴屋でも開くのか」といった。

何故あの頃あんなにも、履けもしない靴に執着を持っていたのか。履くことの出来ない縛られた生活だったからこそ、その反動にも似たものが、靴への執着心となっていったのだろう。

とにかく、外出の時は受け持ちの患者や友人からの頼まれ物や、自分の物と買物を急がなくては。院内にある酒保という建物の中にも、カメラや時計、その他の品物を売る店が入っており、一日中、患者や職員で賑わってはいるが、街に外出するということが患者に知れると、買物の頼まれが多くなるので内密にしているのに、どこからか漏れるらしい。多少の頼まれは仕方がない。あの店、この店と走り回り、午後七時の帰営時間すれすれに営門に入れた時には、ホッとする。

もう辺りは暗くなっているのに、患者達は出迎えに出ている。ただ迎えに出るというだけで気がすむのだろう。勤務時間以外はなるべく病棟内に入らないように、と禁じられているので、買物は次の日に渡すことにする。宿舎に帰ってから、部屋の中は外出中に見た街の話や、買物の失敗談、儲けた買物の話、見た映画のあらすじなどで、賑やかこの上ない。女三人寄ればかしましいの喩があるが、まさにその通りである。

外出とは別に、各病棟のブロックごとに、花見やピクニックにゆくこともあった。上海市内の「新公園」にも行ったし、郊外にある「敷島の庭」という公園にも行った。巻ずしやおにぎり、サンドイッチなど、特別に炊事に交渉して貰った材料で、手造りの弁当を持って一日を楽しく遊んだ。

「敷島の庭」の周りには田や畠があり、レンゲの花や菜の花、空豆やえんどうの花が咲き、故郷に出会ったようななつかしさで、遠い日本の春に思いを馳せる私であった。

手紙の検閲

私はここで高山さんのことにふれてみたい。

飯田桟橋で別れてから約半年くらい経った或る日のこと。待ちに待った高山さんからの手紙が来た。新しい任地のこと。私へのいたわりの言葉など。手紙の内容は検査を受けるからか、甘い言葉など一切使ってないが、私にはとてもうれしかった。折り返し返事を出して、それから幾通かの手紙が取りかわされた。

それはある日の午後のことであった。

高山さんからの手紙が、航空便で五、六通まとめて来たのである。軍の連絡上そうなったのか私にはわかる訳もなかったが、この時ばかりは本当に困ってしまった。週番婦長と週番看護婦は、それぞれ皆に役となって回ってくる仕事で、看護婦宿舎内の出来事は全責任を持って雑務に当たっていた。郵便物なども、本部の発着より受けて来た物を、看護婦宿舎の事務室で、週番看護婦が郵便受帳簿にいちいち記載し、これを週番婦長が検閲するしくみになっていた。誰の誰兵衛から、誰に手紙が来たとか、相手の住所氏名をはっきりと記載してあるので、一目瞭然としていて、私たちには手紙の受け取りの自由さえも阻まれていたのである。

週番看護婦が私に「橋本婦長殿がお呼びです」と、非番で部屋にいた私に知らせにきた。私はまた叱られるのかと、少しうんざりした。というのは、私は最近全くついていない。どの婦長にも叱られてばかりいた。やれ口紅が濃いとか、も少し頬紅を薄くしなさい、ほら、帽子の下から額の髪の毛が見えますよ、という具合だ。私の心の奥のほうに「まだ二十一歳という若さなんだから」という甘え根生が巣くっていたのか、平気というか、無頓着というか、反則ばかりをやっていた。

婦長の部屋の外で、一度大きく深呼吸をして呼吸を整え、コツコツとドアをノックした。部屋の中から、「お入りなさい」と橋本婦長の声がした。ドアを開けると同時に「田中看護婦、ただいま参りました」と声を張り上げて挨拶をする。橋本婦長は、いつもの少し口元を曲げるくせのある冷たい顔で、「お坐りなさい」といった。

私はまるで借りてきた猫のように小さくなり、出された座布団に這い上るようにして坐った。いつも元気で陽気そのもののお茶目な私は、どこに行ったのか。

上目づかいにそっと見ると、婦長の手には私宛の高山さんの手紙が、五、六通握られていた。「あなたの運命は私の掌の中ですよ」といわんばかりに、封書をもて遊んでいるように思えた。

橋本婦長は、「この手紙の主は誰ですか」と聞いた。私は少し震える声で、「はい。内地から来る時に一緒の船に乗った人です」と答えた。婦長は、郵便受帳簿を前にして、手紙と私を交互に見ながら、

「それにしても帳簿を見ると、同じ人からの手紙が多すぎますね。いくら相手から手紙がきても、あなたの方からなるべく出さないようにしなさい。いいですね、わかりましたか」と念を押すようにいうと、

「これからこの手紙を、私の目の前で読めますか」と冷たく言い放った。

「はい……。読めます」と答えた私だったが、これは大変なことになったと思う反面、人に聞かれて悪いようなことは書いてない、と居直りにも似た自信があった。

婦長から受け取った手紙の中の一通を、震える手で封を切った。

「タアチャン。元気でやっているかい。も一度君に是非逢いたいと思うばかり

で、公務のためにそのひまもない。君のつかの間の面影だけが僕の今のささえだ……」

私の目にとびこんできた、この愛の告白とも思える文字を見たとたん、まさに青天の霹靂とはこのことであろうか。今にも呼吸が止まるのではないかというほどの衝撃を受けた。高山さんからのこの何通もの封書は、街に外出した時にでも出したものか、とにかく隊の外から検閲なしで出されたものと思われた。

誰もいない静かな場所で、ひとり想いに浸り読む恋文はうれしいものだが、意地悪きわまりないオールドミスの前で、手紙を、それも愛しい人から来た手紙を読まされるなんて。そして今度の手紙は、思いのたけの甘いことばに満ちている。私にはこれ以上、拷問にも似た叱責に耐えることが出来なかった。

緊張度は高まり、冷汗は出るし、身体ごと宙に舞うような心地がして、私の頭の中は混乱した。ことばにつまりながら読んでいるうちに、大粒の涙が溜息と一緒にこぼれ落ちた。

「すみません。ゆるして下さい」と私はとうとう泣き出してしまった。心の中では、くやしさがいや増し、この婦長への憎しみの感情がつのっていった。

この他に私は、この婦長との苦い思い出がも一つある。

ある朝のことであった。私の部屋は、たまたま夜勤の者が多く、その夜は、春田と私の二人で、だだ広い部屋に寝ていた。ぐっすりと眠り、二人とも起床の鐘が聞こえず寝坊してしまった。ハッと気がついた時には、もうおそかった。廊下では、「イチ、ニイ、サン、シイ」とパンチのきいた号令がかかって、点呼がはじまっていた。

しまった。髪の毛は寝ぐせがついたままだし、洗顔もしていないこの顔で今さら出られるわけもなし、そして布団をたたむ時間さえない。二人はとっさの考えで、ぐるぐると布団を簀巻《すま》きのように巻き、その布団と一緒に、身体も押し入れのカーテンの中にころがり込んだ。しばらくして点呼が終わったらしく、部屋の外で橋本婦長の声がした。

「あら。この部屋からは誰も点呼に出ていないけど、いないのかしら」といいながらドアを開ける音がした。　私と春田は、じっとカーテンの奥で息をひそめていた。その沈黙の時は長く感じられた。

私の心の中に隙が出来たのか、「婦長は、あの意地悪な目で部屋の中を見回しているのだろうか」と思ったとたん、寄りかかっていた布団が、くずれるように少し沈んだ。なにしろきちんとたたんでいない布団の上に、中腰で寄りかかっていたので、カーテンがゆらゆらと揺れてしまった。

目ざとくそれを見つけた婦長は、容赦なく叱咤した。

「そこにかくれているのは、わかっていますよ。出て来なさい」と厳しい声がとぶ。私は仕方がないので、春田に小さい声で耳うちした。

「見つかったみたいだから出ようよ」というと彼女は、つれなく私にいった。

「あんたが見つかったのだから、あんただけ出なさいよ」と、声を殺すようにして。

一連托生ではないか。私はくやしくて彼女の腕を引っぱった。すると当然ながら、カーテンはますます揺れてしまった。

婦長はいよいよ癇《かん》を立てて、

「そこに入っている人は、あとで私の部屋に来なさい。一人でないことはわかっていますからね」と、ヒステリックに叫ぶと、部屋を荒々しく出て行った。

「あとで私の部屋に来なさい」という言葉は大へん大きな意味を持って、私たちの恐怖心をつのらせていた。

二人とも婦長の部屋で、こってりと油を搾られたことはいうまでもない。

中国人の便器

宿舎での朝は、起床の鐘やラッパの音よりまだ先に、私は「かり、かり、かり」という高い金属音にも似た、便器を洗う音に起こされた。高い塀のむこうの中国の民家から聞こえてくるおきまりの音である。

長屋式に建ててある中国の一般民家には共同便所が使用されているらしいが、夜は困るらしく、携帯用の便器を使うのだそうだ。そして朝は、昨夜使った便器を始末して、きれいに磨くのが、「かりかり」という音になるというわけだ。

私も初めは毎朝聞こえるこの「かりかりかり」という高い音は、何の音だろうと不思議に思った。すると患者や衛生兵が、あれは便器を洗う音だと教えてくれた。

私も何かの折にその便器を見たことがあるが、それは、白いほうろう塗りの水差しに似た形をしていて、持ち上げるのに都合がいいように、取っ手が付いていた。便器の本体には、美しい色彩で花や鳥や龍などの絵が画かれており、中国式に豊かな物であった。あまり美しいので、これが便器とはちょっと信じられなかった。前線につい最近までいたという患者は、「自分は、これで飯を炊いたことがありますよ」といって苦笑していた。

国それぞれに、庶民の暮しの中に、受けつがれた習慣の違いが存在するということを知り得たことも、私の収穫であった。

運動会にハッスル

秋になるのを待たず六月二十八日の梅雨晴れの日に運動会が行なわれた。

運動会というものは、大人も子供も楽しみなものである。空は青々とした日本晴れ。朝早くから、景気よく花火が何発も打ち上げられた。あの「バンバーン。バンバーン」と鳴る花火の音は、人間の心の奥に仕舞ってある、闘争心というものを外に飛び出させるために鳴るのかと思うほど、運動会には不可欠のものらしい。

現にあの花火の上がる音を聞いた私の胸の中に、何をやるのだかわからないのに、下腹の方でぐっと力が入ったものが、「さあ、やるぞーっ。がんばるぞーっ」といったエネルギーそのものになり、胸元を踏み台にして外にとび出してゆく。そのように花火の音は、力強い何かを誘発してくれるようだ。

広いグラウンドに、各区各病棟のテントが張られ、ヤカンに入れた石灰水でトラックの線が引かれ、短距離競走用には縦に線がひいてある。勤務に支障のない職員や患者達で、運動場の各席はほぼ満員となり、開会の時間がきた。金モールを軍服の胸にいかめしく付けた部隊長閣下の挨拶に続き、副官の訓辞があり、各種目の競技がはじまった。

徒競走や各ブロックごとのリレー、障害物競走、パン食い競走、借り物競走。ここまではどこの運動会でも行なわれるものだが、次の自転車競走というのは、私は初めてであった。これはいかに他の人より、おそく目的地に到着するかという自転車競技だ。

競技の内容も豊富で、賞品もたっぷり用意されている。各競技がひと区切りつくたびに「ワーッ」という喚声が上がり、その合間に選手の呼び出しや、競技の紹介などでマイクはがなりたて、まるで部隊中がお祭り気分だ。

運動会最後の呼び物は、職員や患者達の仮装行列であった。腹に墨で顔を画き、丁寧にも頬紅や口紅を赤く塗って腹踊り。丸髷《まるまげ》のかつらをつけた妻の手を引き、道ゆきの新婚夫婦。お腹に大きなザルを入れ、その上を着物でかくした産み月の妊婦。大きな鞄を持って妊婦に付き添って歩く、腰の曲った産婆さん。

大きな日本髷に髪飾りをたくさんつけ、高い歯のついた下駄を履き、打ち掛けも着て、八文字を踏むおいらん。二つのりんごを胸に入れ、豊満なおっぱいをつくった白衣の看護婦さん数名。身体一杯に墨を塗り腰みのを付け、十人くらいの土人の踊りなど、まだその他いろいろの仮装をしていたが、本当にそれぞれの工夫は、驚嘆に価するものだ。

女性に化けた仮装は、顔にも手足にも白粉を塗っていた。材料をどこから手に入れてきたのだろうかと、兵隊さん達には畏敬の念さえ湧いてくる。

私もその仮装行列に参加した。

門付け女に扮したが、何しろ材料がないので、友人数名と知恵を出し合った。先ず花笠は厚目の馬糞紙を丸く切り、その中央にナイフでうすく線をひくようにして傷をつけ、そこから二つに折り、あらかじめ色化粧紙で作っておいた花を厚紙に隙間の出来ないように縫いつけると、立派な花笠が出来上った。

さて三味線はどうするか。考えた末、苦力《クーリー》（中国人の労働者）から石炭を掬《すく》うスコップを借りて、三味線のかわりにした。細長く縫った布袋に、スコップの部分を入れると紐でしめる。遠くからは三味線をかかえたように見えるよ、と友人がいった。当日私は内地から大事に持ってきた、数少ない着物の中から一枚選んで着た。

着物の裾をはしょって下ばきの赤い腰巻きを出すと、色っぽい門付け女の出来上がりである。藁草履をはいて行列の中に混じり、しゃなり、しゃなりと音楽にのって、トラックの周囲を何回も回った。だがスコップ三味線の重さには辟易した。石炭を掬うスコップは、なかでもいちばん大きなスコップらしく、もううんざりというところだった。

この運動会で私は、も一つやることがあった。

「あなたじゃないと駄目だから、頼みますよ」と衛生兵の某班長に頭を下げられ、断り切れずに引き受けた、というより、出たがり屋の私が、班長の煽《あお》りにのったという方が正解だ。その頼まれたことというのは、第一区病棟の応援団の一員になることだった。看護婦では、内藤と私の二人。衛生兵からは某伍長だった。

さて、引き受けた以上は白衣だけでは芸がないと、早速、白木綿で着丈けの短い着物を、青い木綿で袴をと、部屋の皆と手分けして急いで縫いあげた。両手に日の丸のついた扇子を持ち、両足を広げて踏んばると、「タッタッタ。タッタッタ」と左右の手の平を、表裏交互にさせて上下する。その稽古を毎夜おそくまでやった。

千田部隊運動会の応援団と仮装。ともに右端が著者（昭和16年6月）

運動会の当日は、白い着物に青い袴、青い布の鉢巻きのいでたちで、「ドン、ドン」と打つ大太鼓の力強い音に合わせて、扇子を思いっきり左右に振りながら、「ソーレ、タッタッタ、タッタッタ、ホレタッタッタ」をくり返し、応援にこれ務めたものである。

仮装行列と掛け持ちなので、なかなか忙しかった。その翌日の上海新聞には、「白衣の天使の応援団」と銘うって大きく取り上げられ、写真と記事が載った。

レズビアン

　私がこの部隊に勤務して、二度目の夏の終わりごろ、脚気という病気にかかり入院した。最近は食糧事情がよくなったためか、脚気という病名は余り聞かれなくなった。いや、食糧事情の良い現代でも、片寄った食事をする人がおり、「ビタミン欠乏症」などと、呼び名を変えて存在しているようだ。

　初めは、からだがだるいだるいと思っているうちに次第に両足が重くなり、脹れてくる。指先で足の向こう脛のあたりを押すと、エクボが付いているように、指あとが凹んで残り、しばらくは元に戻らない。だんだんと足先にまで痺れ感が広がり、履物をはくのに、足の指先の感覚が鈍くなる。重症になると、心臓脚気といって呼吸が苦しくなり、動悸が激しく打ち、最後は苦しみながら死に至る、という怖い病気でもあった。

私はこの心臓脚気で亡くなった五十がらみの女性の、死にざまを見たことがある。両手で虚空を掻きむしるようにして暴れ、唇の色も紫に変わるほどの苦しみようだった。もちろんその時は往診に付いてゆき、入院させるにも間に合わない状態だった。

私の脚気はまだ、足に凹みがつくという程度だったので、「神様が、今まで余りにも忙しかったので、病気、という形で休養を与えて下さったのだ」などと、自分に都合のよいように理屈をつけ、約二か月の間を、のんびりと入院生活を送らしてもらった。忙しく働いている同僚に対しては、ちょっぴり申し訳はなかったが。

部屋は二人部屋で、も一人の患者さんは、上海市内の軍のある機関に働いている十九歳のタイピストだった。彼女は細面の目鼻だちのはっきりした、なかなかの美人だった。

その彼女のところに三十歳すぎの女性が、見舞いにきた。ズボン姿がよく似合っていて、インテリ女性という感じを受けた。彼女と親しい様子にお姉さんだろうと思っていた。その女性は、それからもたびたび見舞いにきたが、いつも花や食べ物を持って来ていた。私も時々おすそ分りに預った。

ある夜の八時すぎだった。例の女性がやってきた。今夜は少しアルコールが入っているようだ。いつもと違ってその女性は、若い彼女の手を握り両手で包むようにして、自分の頬に当てていたが、さっと彼女のベッドにすべり込んでいった。

私はまだそのことにうとかったので、「寒いからベッドに入るのかな」くらいに思って、見るともなしに見ていた。するとその二人は、私が隣りのベッドに居ようがいまいがおかまいなしに、抱き合ったのである。年上の女性は彼女の唇を求め、彼女の方は相手の首に手を回すようにしていた。

私はやっと気がつき、そっと身体を壁の方向にかえて息をひそめていた。電灯の明るさが、私の心臓の早鐘をますます強く打ち鳴らした。隣りのベッドがいつまでも静かなので気にかかり、そっと盗み見るとまだ顔を重ねていた。職業柄窒息の方は大丈夫かなと思ったほどだ。

そのうちにどちらが先に興奮していったのか、鼻をならすような甘えた声を出しはじめた。私は、内心何かが起きることを期待していながら、その反面、居たたまれずその場から、消えてしまいたい衝動にかられた。この二人は、他人の目も気にならないほどの動物に、なり下がっていたのか。

あれが同性愛ともレズともいうのであろう。現場目撃の、何ともいいようのない体験だった。

私の部屋の、壁一つ隔てた表側の病室は、将校用の病室で、二人の尉官が入院していた。他部隊の若い中尉と少尉であった。散歩などで顔見知りになって、壁越しに話をすることもあった。

私は、父親が実父でなかったので、真実の父親の愛が欠けて育ったからか、世のすべての男性に真の父親像を探し求めるような、またあこがれているようなところがあった。りりしい好男子など見るとうっとりする。それといって好男子に出逢う度に、呆然としていたら身がもたないし、もてるほどの美人でもない。自分自身にも人にすぐれた、自信となるものが何一つない。

だといって、美しいものは美しいと思うし、好きなものは好きという感性は、人一倍強かったように思う。相手に対する思いやりや、やさしさという内に秘めた美しさがある、ということを知ったのはつい最近のことだ。

壁のむこうの二人の将校も、長身で私好みの好男子であった。

人間という者は無い物ねだりをする輩らしく、自分に無い、正反対のものを欲しがるところがある。いうなれば私は、ずんぐりむっくりの体格で、顔もおかめに近く、顔が悪ければ頭などと思うのだが、肝心のそれさえも下の下というところだ。

それなのに、私が好きなタイプときたら、背が高く顔も美男子で、頭脳明晰というのだから、私を勢いっぱい造って下さった神様は、きっとこういってお叱りになるに違いない。

「なんと罰あたりな。身分相応という言葉に忠実に従いなさい」と。

自分にそぐわないそんな気取り屋の私に、身体の方にいやな症状が出はじめた。脚気というビタミン不足の病気のせいか、食べた物がすべて、発酵でもするようにお腹の中でガスとなり、腹部が膨満していた。日中は、腹の中で別な生き物が動くような体動を感じ、いつも腹の真ん中あたりで「ぐりぐり」と鳴いているようだ。それも気になるが、まあ日中だから、自分の意識管理が出来るからこれは許せるとしても、夜眠りにつくとどういう訳か、肛門という関所を越えて「おなら」なるものに変身し、いち早く体外への脱出を計るのである。

私としては、全くこれは許しがたいものだった。ぐっすり眠っている私は、自分の、ボーンという大きな音にびっくりして目が覚めることがしばしばあった。夏用の薄い布団ではその音の隠しようもなく、私はそのたびに、隣りのベッドの彼女もさることながら、壁一つ隔てて寝ているあこがれの将校さんたちに、この憎っくき奴どもの音が聞こえなかったか、と気に病むことしきりであった。毎日、夜がくるのがうらめしく、実のところ不眠も続いていた。

診察日に軍医は、事務的に「変わったことはないかね」と、胸に聴診器を当てながら聞いたが、私は、「いいえ、とくに変わったことはありません」と答えて、危うく口先にまで出かかった「夜になると、おならが出て困ります」という言葉を、喉の奥に押しこんだ。

若い娘である私としては「死んだほうが、まだまし」ともいうべき恥かしいことだったから。私もこれには、いささか困り果てた。

少しの綿花を、お尻の間に挟んだくらいでは、それこそ屁のつっぱりの役にも立たなかった。今度は、厚目の脱脂綿を肛門に当てたところ、これは成功したようだ。さしもの大きな音も脱脂綿で濾過され、小さくなった。が、腹の中では、脱出候補が次々と押しかけ、出る順番でもめているようだ。

食べた物すべてがお酒になるというある男性の記事を、週刊誌で読んだことがあったが、からだの中のしくみがどのように狂ったのか、とんでもない症状が出るものだ。

音が小さくなったとはいえ、気にかかる私はいつもごまかしの咳払いをした。私をさんざん苦しめたこの症状も、十日くらい経って軽減していったので、天にも昇るほどの嬉しさだった。

内地への送還

上海に上陸してから、一年半が経っていた。

陸軍病院にもすっかり馴れて、つらいことや苦しいことも気にならなくなった。患者の数も、作戦のたびに増してゆき、看護婦も新しく内地より到着した。

外科勤務なので、手や足のない人は別に珍しくないが、私が見たその軍曹は、下腹部一帯に残忍ともいえる砲弾の傷を受けており、男性の証しである大事なしるしまで、とんでしまっていた。

この患者の尿を取ってあげる時が、大変だった。傷の部分に当てられた汚れたガーゼを取り除き、尿器を当てがうのだが、尿器のあたる場所には何枚も消毒ガーゼを置いた。患部はうす紅く、抉《えぐ》り取られた部分の表面はぎざぎざになっており、凹くなっていた。傷の中央に当たる場所に小さな穴が明いていて、そこに以前ペニスがあった、という名残りの場所なのだ。

寝たきりで、身動きすら出来ない軍曹は、自分のペニスが根本から無くなっているなど知る由もなく、ただ傷に尿が沁みて痛むために、尿を排出する前には私たちに、くどいほどいった。「いいですか。出ますよ。ちゃんと尿器を当てて下さいよ」と。

排尿をさせたあとは、きれいに傷の上を薬液で洗い流し、消毒ガーゼをのせてその上に厚い布を当てて終了となる。

自分一人で、誰の世話にもならず排尿できる今が、なんと素晴らしいことではないか。今の医療には、尿道カテーテル留置という便利な方法があるというのに。でも二度とあのような酷い傷は見たくない。

その軍曹は二十六歳で、体格の立派な、顔立ちも男らしい人だったのに。悲惨ともいえる戦争が、この人の運命を幸せを、これから洋々と開けるかも知れない人生をも、真っ黒く塗りつぶしてしまったのである。

砲弾の種類によっては、貫通した傷が、弾が入った入口より出口が大きいことがある。それは、入った弾丸が筋肉の中の組織を破壊して、ぐるぐる回りながら体外に出るかららしい。大腿部貫通銃創などの傷は、骨が無くなり、空洞のようになっている人もあった。

木の枝を組み合わせて台を作り、その上に患足をのせてあるのを、高射砲といった。腕の骨折や負傷した人の手を固定する板枠のことを、横にのばした形が飛行機に似ているところから、飛行機といっていた。

重症患者は大部分の人が、内地に送還される。でもあまりにも重症で船中が無理と思われる者は、その限りではなかった。

内地の送還は、上海埠頭と飯田桟橋から、病院船が出ていた。看護婦や衛生兵は、交替で患者に付き添ってゆくが、私も受け持ちの患者が送還される時は、トラックの中に乗せてある担架の患者に付いてゆく。送還のある日は、朝の四時頃から炊事に飯上げに行き、朝食の弁当を作って持たせてあげた。船の都合で、内地送還の時間が午後からの時もあった。

埠頭に到着し、次々と担架の患者が病院船に運び込まれた。私たちは、一人一人の患者のことを病院船の看護婦に申し送る。

「この患者は、何処の傷が痛みますからよろしく」

「この人は、お尻に褥創が出来ていますからお願いします」

「この人は、こんな物がとても好きですから食べさせてあげて下さい」などと、母親が自分の子供を、他人に預けるように気にかかって仕方がない。

船室から出る時は、患者の手を一人ひとり握り、後ろ髪を引かれる思いでいっぱいになる。患者達も、私の手を握りかえし、「お世話になりました。ありがとうございました」と、礼をいってくれる目には、涙が滲んでいるようだった。

　もう二度とこの人たちと、逢うこともないこんな悲しい別れを、幾度くり返したことだろう。患者全員の乗船が終わり、トラックに空の担架を積み込むと、船が港を離れるまで見送った。

「看護婦さーん。お世話になりましたー」

　甲板からの大きな声に、ふと見上げると河野一等兵である。手榴弾で、右腕を上膊からとばされ、その傷は治っていた。

　この人は、食事前に麦茶が入った大きなヤカンを悪い方の手にかけ、それを左手で支え持って、部屋の人達に配って歩いてくれた。同室には、手や足の無い患者ばかりを集めてあったが、数人の患者の、「オーイ河野。体操ハジメッ」のはやし声に、「ハイッ」と、にこにこ笑いながら、半分しかない手のグロテスクな腕を見せ、「イチニイ、イチニイ」と上下左右に動かし、部屋中を笑いの渦にしていた。

いつもひがみのない、明るくて朗らかな人だった。

「さようならー」と私は、声はり上げて叫ぶと、河野一等兵にむけて手を振った。

ギブスの中の蛆虫

中国戦線の戦域は日ごとに拡大されて、作戦の回数が増し、そのたびにたくさんの傷ついた兵士が送られてきた。戦場で仮の傷の手当をして、直接送られてくる兵士達の傷の酷さと悪臭に、目をそむけたくなることもあった。

ギラギラと、焼けつくような夏の太陽は、白く乾き切った大地に当たっては、撥ね返すほどであった。そんな茹でるような暑い日が続いたある日、患者の収容があった。戦争の最前線から、船で輸送されて来た患者達であった。

一週間も傷の手当をしていないうえに、蒸れるような暑さのため、悪臭はプンプンとして鼻をつき、吐き気を催すほどであった。銃弾を受けた傷は骨折をともなうのが多く、ギブスを巻いた上から繃帯がしてあった。繃帯を取ると、傷の部分だけにギブスの窓が明けてあり、その窓の中の傷から、よく肥ったころころした蛆虫《うじむし》が、次から次と這い上ってポトリ、ポトリと床上に落ちる。

いかな私もこれにはショックを受けた。同じような患者が何人もいるので、早くギブスを一応取り除かねば、と一時《いっとき》ギブスの切断に大忙しだった。私は、この臭《にお》いが、蛆虫が、数日間食事のたびにふっと思い出されて、食べ物が喉を通らなかった。こんなに酷い症状の人が日増しに元気を取り戻してくれて、原隊復帰でもすると、わがことのように嬉しかった。

こんな時、この仕事のありがたさと尊さを、身にしみて感じた。

南京虫の退治

夏の夜勤でいちばん苦手で嫌なことは、病室の蚊帳吊りであった。元気な患者が手伝ってくれるから、助かってはいたが。畳の部屋の場合は難はないが、ベッドのいくつかを蚊帳の中に入れながら吊るのであるから、大変な仕事だった。

蚊帳を吊ってしばらくすると、小豆大の平たい、そばがらにも似た茶褐色の南京虫がぞろぞろ蚊帳の外に這い上りはじめる。初めは、背すじに悪寒がはしったものだ。

患者に教えてもらったとおりにローソクに火をつけて、患者数名と南京虫退治をはじめた。

南京虫を見付けると、ローソクの炎の先端で、何秒もかけずに、チッと素早く焼くのがこつであった。炎の先が蚊帳に当たるか当たらないかというところで焼き殺すのであるが、ポロリ、ポロリと落ちる南京虫を見ると、「ヤッタ」という気分で、これも結構面白かった。

だがこの行為は、大変危険きわまりないもので、まかり間違えば火事にもなりかねない。国家の物は、天皇陛下の物である、というあの頃の日本の趣旨なので、器物の損傷にはとても気を使ったものだ。

南京虫退治では、も一つ事件の思い出がある。

当部隊の将校ばかりの職員宿舎での出来事だった。ある将校の当番兵が一人で、南京虫の退治をしていた。ところが、ローソクの火が蚊帳に燃え移った。幸いに火事には至らなかったものの、蚊帳の半分が燃えてしまったそうだ。そ

千田部隊病舎の傷病兵（軍事郵便絵はがき）

の当番兵は気の小さい人だったのか、それとも責任感の強い人だったのか、その夜、部隊から姿を消したということだった。

蚊帳一枚の重みに潰され、この当番兵は、いわゆる逃亡兵となったのである。逃亡兵は捕まれば、重営倉に罪人として入れられるとも聞いていた。その後その当番兵は、どうなったのだろう。そして戦後四十年の今日、やはりあの当番兵のことが気にかかる。

とにかく南京虫はしぶとい、いやな奴で、昼の間はベッドの枠と藁布団の間にウヨウヨしていて、夜になるとゴソゴソ這い出して活動をはじめる。患者達も何回も刺され、皮膚に免疫が出来ているのか、刺されて痒みは感じても、南京虫に負けて全身が蕁麻疹《じんましん》のようになった人を、私はあまり見たことはなかった。

実は私も刺されたことがあるが、南京虫という虫は欲ばりで、必ず刺したところには二か所あとが残る。刺し口が二つあると、虫の姿は見ないでも、アッ南京虫に刺されたとくやしがったものだ。

焼けつくように日中は暑いし、夜は蚊や南京虫に悩まされる。早く夏が過ぎていってくれることを、祈りたい気持だった。

マラリアと氷

病棟用に作られたもので、人間が優に出入りができるような、大きな冷蔵庫があった。いや冷蔵庫というよりも氷室といった方が近い。その冷蔵庫には、夏冬を問わず氷が入っている。氷が少なくなると係の方に伝票を出し配達を受けていた。患者の熱発などの常備用としての氷だが、一個が七十五キロほどの重さだ。

氷を載せたトラックがやってくると、そのトラックから病棟の廊下にかけて、厚い板が斜めに渡される。その上を氷がすべりながら落ちてきた、その瞬間、

「ドドドッスーン」と大きな音を立てる。配達の苦力《クーリー》は、その氷を器用に手かぎを使って、冷蔵庫に入れてくれる。

夏は暑さと病のためか、熱を出す患者が多いので、氷もたくさん使う。暑いからといって、かち割り氷は絶対に食べられないし、禁じられてもいた。製氷する水が悪いとの理由だった。氷はきらきらと輝いており、水が悪いようには見えなかったが、伝染病が時々発生しているので、それを怖れるあまりの禁止令であった。

私たちは、大きな薬罐にお湯をわかし、紅茶と砂糖を入れたものを冷蔵庫のすみで冷やして飲んだ。忙しい仕事に追われ、下着まで汗びっしょりの暑いさ中に飲む冷たい紅茶の一杯は、のどに沁みてゆくような涼感で、夏の最高のご馳走だった。

看護婦間の秘密にしていたので、誰にも気付かれないように、厚紙を小さく切った上に「ホーサン水」と書いたものをヤカンにぶら下げていた。それなのに、いつの間にやら量が減っている。気をつけて観察していると、頭の黒い大きなねずみが数匹飲んでいた。「コラーッ」と叱りにとび出すわけにもゆかず、仕方なく今度は、新しい札に「うがいぐすりのむべからず」と書いてぶら下げたが、余り効果はなかったようだ。

とうとう頭にきた私が患者たちに、「誰、これを飲むのは、ちゃんとうがい薬と書いてあるでしょうが」と居丈高にいうのを、肩すかしでもするように、一人がニヤニヤ笑いながら、「飲んではいませんよ。あんまり暑くて喉がひりひりするので、うがいをしました」内心、「ん。まあくやしい」と地団駄ふんでみたところで、おこることも出来ない。

熱発といえば、マラリアの患者は悪寒からはじまり、三十九度から四十度以上の高い熱を出した。熱が出るまでは、寒くて寒くて唇の色も紫になるほどの寒さで、それを悪寒戦慄といって、寒さのために身体がどうしようもなく、がたがたと震えてくる。布団の中に湯タンポを入れた上に、何枚も布団をかけるが寒さはおさまらず、とうとう布団の上から患者が二人くらいのって、おさえている。やがてそのうち、悪寒が治まると今度は暑い暑いといい出し、布団をはねのける。熱を計ると、先ほどのような高い熱が出ている。こうなると氷の出番だ。額の上に氷嚢、頭の下に氷枕というようにして冷やす。患者の中には、親切にもうちわで扇いでやっている人もいる。そんな患者がいちどきに何人も出る場合があった。

何回も熱発をくり返すと、発作の来る前にはおよそ自分でわかるらしく、比較的元気で小まめな患者は、自分で湯タンポを沸かし、氷枕などの用意もしておいて、発作を待っている。悪寒が来はじめると、「そら来た」といって、湯タンポを入れてある布団にもぐり込む。あとは例の通りのことがくり返される。熱が下がったあとは、どの患者もびっしょりの汗が、大袈裟ではないが絞るほど出る。

マラリアにはキニーネという薬が使用されていたが、この薬は強い薬で、胃のためには余りよくなかった。マラリアの症状の度あいによって、一度、二度、三度とわけられていた。身体の抵抗力が弱ると、マラリアの発作も頻繁に起こり、他の病気も併発して、予後が余りよくなかった。

右大腿部切断

ある夜勤の夜、十時すぎのことだった。二階の将校病室に入院中の某大尉がいた。この大尉は、右大腿部に銃弾の貫通を受け、治療を続けていた。傷もだんだん小さくなり、完治するまでには、もう一歩というところまできていた。その大尉の右大腿部の弾痕の部分から、突然鮮血が噴き出したというのである。

大尉に付き添って身の回りの世話をしている当番兵は、あわてて近くにあった布切れで患部を抑えたが、すぐに血で濡れてしまう。当番兵は大声で、叫ぶように助けを呼んだ。急を知った受け持ち看護婦が、階下にいる私に応援を頼みにきたのである。すぐ、手術室係の看護婦に連絡した私は、病室にとって返し、他の看護婦と大尉の応急処置をした。

出血する患部の上方をゴムの止血帯できつくしばり、交替で患部を布で抑えていた。手術室では、急を聞いて駆けつけた軍医も看護婦も揃い、機械の消毒がはじまった。「患者を運ぶように」と、手術室からの連絡で、大尉を担架にのせて静かに手術室に運んだ。軍医の診断では、「大動脈瘤破裂」ということだった。動脈から噴き出した多量の血液損失のために、大尉の顔面は蒼白となり、意識も朦朧としていた。

「もう切断するしか方法がない」と軍医の判断によって、右大腿の付根の部分から切り落とされたのである。表面の傷は治ってゆくかに見えたのに、内部の細胞はこわされ、動脈さえも腐りつつあった大尉の足であった。

手術がすみ、病室に運ばれた大尉に、輸血をするようにと軍医の指示があった。あの頃は、今のように預血というものもなく、輸血される患者と、献血する者とがベッドを近くに寄せて、先ず献血者の腕の静脈に刺した太い注射針から、軍医が百ｃｃくらいの注射器で採取した血液は、注射器の先に取り付けられた器具の一方のネジをゆるめるだけで、細いゴム管を通り、患者の静脈に刺した太い注射針を経て、患者の体内に新鮮な血液が流れ込むという方法だった。何回もくり返されて輸血がすむと、あとのことを係の看護婦にまかせて、手術室に行ってみた。

手術室の看護婦は、手術後の片付けをしていた。きれいに水洗いされたタイルの床のすみに、先ほど切断されたばかりの、大尉のたくましい足が横たわっていた。切断されて間がないというのに、その足の切り口は全く血の気を失い、白に近い。

死んでしまった足なのに、その足は、蒼白い一個の意思を持った、得体の知れない生き物のように、底知れぬ無気味さで私にせまる。あわててそこから目を逸らした私の目に、秋の夜の星空が見えた。

明日はこの切り落とされた足も、例の場所に埋められることだろう。例の場所というのは、私も聞いた話なのだが、部隊の裏手の空地に埋める場所があるらしく、その場所には、たくさんの切断された手や足が埋められていて、ときどき野犬の群れが掘り起こし、食い荒しているということだった。そんな運命が待っているかも知れない大尉の足に言い知れない哀れさを覚え、私は小さく「さようなら」とつぶやいた。

危険の域を脱した大尉は、ある日当番兵に、「おれの足が無い」と難詰した。少し身体が動くようになった大尉は、左足で自分の右足を探っていたらしく、当番兵がいちばん恐れもし、また心を痛めていたのは、この日が来ることであった。大尉の激情は抑えようもなく、大尉は、「おれの足は、もう帰らないのか」といって、いつまでも男泣きに泣いていたそうだ。

当番兵は大尉の自殺をおそれ、手の届くところに刃物やヒモ、タオル類を遠ざけるなど、細心につとめた。この当番兵の献身的とも思える看護に、少しずつ心身ともに大尉は回復していった。
内地に送還されていった大尉の、その後の幸せを祈りたい。

上海神社参拝

私は、戦争は苛酷なもので、残忍でもあり、絶対にしてはいけないことだと切実に思う。だがあの時に体験した、調和をする、というすばらしさもまた忘れることが出来ない。

それは、紀元節（建国記念日）の日だった。白衣の私達を挾むような形で、衛生兵が前後に並び、まだうす暗い暁方四時に、部隊の中央広場より上海神社にむけて、十二キロの道を歩いて戦勝祈願に出発した。

まず、「歩調トレーェ」の号令がかかり、いさぎよい軍靴の音とともに行進開始である。総勢二、三百名はいると思われた。やがて前方の列から、軍歌の流れが押し寄せてくる。「ここはお国を何百里」と前半の列の者が歌えば、くり返し後半の者が同じ歌詞をうたう。「はなれて遠き満州の」前半の歌が流れてくる。一糸乱れぬ、規則正しい軍靴の「ダッダッダッ」という音と、悲しみの隠された軍歌のメロディーとが一つのリズムをつくり、私の胸の奥に、暖かい何かが湧いてくるようであった。

二、三十分歩いては、五分くらいの小休止がある。その間に用便を済ます配慮なのだ。今考えると、民家の暗い露地に所かまわず交替で放尿するのだから、現地の方たちにずいぶん迷惑をかけたことと思う。申し訳なかったと反省することしきりである。看護婦たちの小用が無事に終わる間を、鉄砲を担いだ兵士が露地の入口に立って、見張り番をしていてくれた。

上海郊外の「やんじっぽ」にある部隊から出た隊列は、やがて上海市街へと入っていった。東の空がそろそろ白んでくる頃には、ぽつぽつ足の方もくたびれはじめた。小休止をするたびに「もう駄目だ。もう歩けない」と弱気になるが、不思議なことに、大勢の者と一緒に「歩調トレーェ」の号令で歩調をとって歩きはじめると、どうにか皆に付いてゆけるのである。

もう街の中には人が動き出していた。中国の人たちは、何事が起きたのかと、私たちを横目で眺めながら仕事先に急いでいる。街もすっかり明るくなってきた。それで、道路幅が相当広いことに気がついた。

街の風情を見ながら行進していた時のこと、右端を通っている私達の進行方向から、業務用の何十トン車かわからないが、とにかく大きなトラックが、道路の真ん中を猛スピードで走り去っていった。その瞬間、「ギャアーッ」という猛獣の叫び声とも、何とも知れない物凄い叫び声に、私はギクッとして、咄嗟にその現場に目を向けた。そこには、ピンク色をした、さまざまの大きさの肉塊が、雑然と付近一体にとび散っているばかりだった。

非情にもあの大きなトラックが、前輪と後輪とで轢き殺したその被害者は、仕事に急ぐ中国人であったろうか、肉塊だけになってからでは、それを証明するすべもない。まるで人間一人がミキサーにでもかけられたような、凄まじい交通事故の瞬間を見た私は、そのことがあまりにも突然だったために、しばらくは呆然として、行進の列の中に足をゆだねるばかりであった。断末魔の叫びともいえる恐怖の声は、今だに私の耳朶の底に残っている。

もう四時間以上も歩き続けただろうか。全員くたくたの疲れ様で、最初の元気な軍歌などとっくに消えて、無言のままの行進になっていた。やっと上海神社に到着した一行は、早速、神社の拝殿に向かってかしわ手を打ち、戦勝祈願をしたあと、行軍で痛めた足を引きずりながら境内を歩いた。神社の森は空気が澄んでいて、疲れ切っていた私にとっては、なによりもすばらしい清涼剤だった。

待つことしばし、迎えに来た部隊のトラックにそれぞれが分乗して帰路についた。

その後も毎日を忙しい勤務に明け暮れていた。退院して前線に復帰した人や、内地送還された人たち、またその家族の皆さまからのお手紙や慰問袋を送って頂いたりした時は、心から嬉しくて、涙ぐむこともたびたびであった。

早いもので私も、千田部隊に約二年くらい勤務したあと、上海市政府前の尨大な敷地に、「上海第一陸軍病院」建設の槌音を聞く半ば、日本恋し、故郷恋しと激しい郷愁の念に駆られ、懐しい父母のもとへと帰っていった。

内地で暮らした日々

日本に帰っても、遊んで暮らせる家庭の事情ではなかった。

父がある鉄工所に勤めていた関係で、ある課長さんの紹介で、事務所の方で働かせて貰うことになった。母も、私が外で働くことで、家計のやりくりが楽になるといって喜んだ。月給は四十五円であった。看護婦の給料があの頃、開業医に住み込みの月給が、二十円から二十五円程度であった。

ちなみに、戦地の上海で頂く給料は、衣食住すべて先方持ちで、八十円から九十円くらいだった。今ならさしずめ、月給四、五十万円というところだろう。

それに、年四回のボーナスが大きかった。わが身を削るような忙しさではあったが、報酬としては、本当にもったいないほどの金額であった。でも、その給料も私の手元に入るのは、あの頃の金額で十円余り。ほんの小遣い程度で、休日のたびに外出するというわけには、ゆかなかった。あとの金額は、全部留守宅渡しといって、内地に住む両親に送金されていた。

このたびは、私のわがままでの帰国なので、父母はこの点でも機嫌が悪かったようだ。父は、その工場の電気部の工員であり、私は事務所勤めだったので、父の方が一時間ばかり出勤の時間が早かった。それなのに父は、自分が出勤する時間が来ると、いつも私をせかしていた。私が、「まだ早いから」と、ぶっきら棒に返事をすると、ぶつぶついいながら、かかとのちびた靴を履いて出ていった。

私が、出勤時間に間に合うように、ちゃんと工場の正面を入っているにも拘わらず、父は正門近くにある自分の職場の窓から、じっと私を監視している様子だった。親と一緒の勤務場所というものは、実に窮屈きわまりないものだった。

　私がその工場に勤め出して二、三か月たってやがて秋も終わろうとする頃、課長から、「医務室を作ることになったので、いろいろ治療に必要な物を揃えて下さい。まあ、あとは君にまかせる」といわれた。私は、息が詰まるような事務所から解放されることを喜んだ。

　なにしろ、ここの事務所は広いワンルームになっていて、工場長の場所だけに衝立《ついたて》が立てられていた。あとは役付きの偉方も、平《ひら》も一緒に机が並び、一目に見渡せて、私たちはかくれる場所さえないのだから。課長から、「この部屋を使ってよろしい」といわれた別棟に建っている空部屋に机と椅子を入れ、患者用の椅子も四、五脚用意した。あとは、医療器具を入れるガラス棚の小さいのを置き、消毒液を入れる手洗用の洗面器を用意した。八畳くらいの広さなので、これでもう一杯というところだ。

私の以前勤めていた医院が、この工場の指定医だったので何かと好都合で、医院に出入りしている医療器具屋に、いろいろと器具を揃えて貰った。消毒ガーゼを入れる小さいケッテル。ピンセットや鋏。耳鼻科用の小さい綿棒。繃帯や絆創膏に至るまで整った。今まで、休みの時間を利用して、他の病院に自転車で治療に通っていた工員さん達は、とても喜んでくれた。

十一時四十分頃から、ボツボツ患者が医務室に来はじめる。「婦長さん。お願いします」と患者はいった。私は少々面映ゆかった。何しろ、上にも下にも一人だけ。私は、婦長であり、看護婦でもあり、見習い看護婦でもあった。

私は、工場の指定医との連絡を密に取りながら、治療をしていった。結膜炎やトラホームの洗眼。耳だれや中耳炎の清拭とガーゼ交換。その他小さい傷のつけ替え。筋肉痛の湿布の交換など。結構便利なために、休み時間のあいだ工員さんで賑わった。それに私一人なので、気がねがないのか、治療がすんでも帰らない人がいるので、狭い医務室は工員の溜まり場のようであった。

十二時四十五分に仕事準備の一度目のサイレンが鳴ると、工員達は帰りはじめる。医務室が静けさを取り戻す頃に、午後一時の作業開始の二度目のサイレンが鳴った。

狸の金玉八畳敷

私は昼の弁当を小使いさんの部屋で、早飯にしたり、治療がすんでおそ飯にしたりした。小使さんの部屋には竈がすえてあり、その上には、煤で黒くなった大きな薬罐がかけてあった。それにはいつも熱いお湯が沸いて、白い湯気がのぼっていた。土間の横には、畳が二畳くらい敷いてあり、表面の色は赤茶けていた。そして一畳ほどの板が張ってあった。

寒い日は、その狭い小使さんの部屋がとても暖かかった。事務所の人達も、昼食を自分の机で食べたり、小使室で食べたりしていた。仕事の途中で煙草の一服を楽しみに来る者もあり、結構出入りが多かったのは、小使のおじさんの人柄の温かさからと思われた。

私は、昼食後のお茶を事務所の二、三人と飲んでいた。おじさんが仕事で部屋を出て行ったあと、事務所のある一人の男性が、そっと耳うちをするようにして私に教えてくれた。「ここのおじさんは、狸の金玉だよ」と。何のことかわからず、きょとんとしている私に、今度は別の男性が笑いながらくわしく、話をしてくれた。

その頃、六十歳近かったおじさんのことを、皆は陰で「狸の金玉八畳敷き」といっているそうだ。そのわけは、おじさんの睾丸が病気のせいだかわからないが、普通の人の四、五倍はあるらしく、工員用の風呂を掃除する時のおじさんは、上半身裸になり、褌一つで都々逸などうなりながら床を磨くのだそうだが、大きな睾丸は褌一枚では包み切れずに、はみ出しているとか。

おじさんの股間を気兼ねしながら、もみ合う偉大なる金玉ちゃんには気の毒だが、都々逸などうなりながら風呂場の床を洗っているおじさんの姿を、想像しただけでなんとなく楽しくなってくる。

　そんな話を聞いてからの私は、おじさんの股間にばかり目がいっている自分を発見した。そういえば、歩くのに少し股を開きかげんにしているおじさんの、金二百両はそれほど重いのだろうかと、同情したくなる。私は、職業柄、おじさんの八畳敷の金玉ちゃんの話を、ただの噂話だけに終わらせてはいけないと思った。

　私は、「看護婦という使命を忘れるな」とおのれ自身の心を叱咤し、おじさんに声をかけた。おじさんを医務室に呼ぶと、私は聞いた。

「おじさん。変なことを聞くようだけど、おじさんの金玉大きいんだって？何かの病気？」

「ウン。おれの金玉か。大きくて重いよ」

「お医者さんに診てもらったの」

「いろいろのところで診てもらったが、手術をすれば命が危ないというし、今のところ何ともないのでな。まあ人間いつかは死ぬものだし、もうおれも年だし、身寄りも何もないのでどおってことはないよ」

おじさんは、それ以上の話をさけているように思えた。おじさんが帰ったあと、医療関係の事務が残っていたが、私はしばらく、おじさんのことばかりを考えていた。

一年そこそこの内地生活のあと、世は大東亜戦争（太平洋戦争）へと突入し、戦局逼迫しつつある現状に、私の中の血が騒ぎ、また上海の陸軍病院へと再渡航したのである。

登一六三一部隊

新しく誕生していた登一六三一部隊は「上海第一陸軍病院」ともいったし、通称を青葉部隊ともいっていた。

当時、はっきりとした数字は軍の絶対の機密で、話題にのせるだけでも禁じられていた。だがそれとなく聞いた話では、患者数は千人前後といわれていた。職員の数も相当の数であったが、あの当時は何でも秘密暗号で通さねばならない時代でもあったので、数字に於ては定かではない。

私は、直接その現場を見たわけではないが、噂によれば、この病院には自家農園や自家牧場があって、新鮮な野菜や牛乳が毎日使用されているとか。そういえば、病棟の配膳室に配られてくる牛乳にはとても厚い膜が張っていて、その膜は飲むというより、咬んで食べる、というものであった。その後私は、あれほどおいしい牛乳に出合ったことがない。

病院の中には、靴の修理場から、クリーニング工場、縫製場などがあり、急ぐ時には、自転車を使わないと間に合わないくらいに広い。空間には至るところ樹木が植えられてあり、四季の移りかわりを感じることが出来た。

本部発着部横の一画に、四方を低い杉の生垣が囲んでいる、「ミニ神社」が作られてあった。この神社を「青葉神社」といった。それはこの部隊の留守部隊が、仙台にあるということから、青葉城（仙台城）の青葉をとり、青葉部隊とも、青葉神社ともいったそうである。もう長い道のりを行軍し、苦労しながらの神社参拝に行くこともない。各戦線に勝利があがると整列して、青葉神社に参拝した。

もうその頃は、日本の軍隊も、あてのない神頼みの時代に、変わりつつあったのかも知れない。

本部の近くには、延長二十五メートルほどの大きいプールがあった。そのプールにはいつも澄んだ水が湛《たた》えられていた。このプールは女性使用一切禁止で、夏の暑い時はここに来て、目から見るだけの涼をとるしかなかった。その当時は、防火用水にも利用されていたらしい。

このプールで、悲しい一つの思い出がある。

この病院の近くに、軍属の人たちが住んでいる軍属宿舎があった。ある日、軍属の子供がプールに落ちた。小学校二、三年の男の子であった。すぐに引き上げられ、衛生兵数名が交替で約二時間ほど人工呼吸をしたが、とうとう助からなかった。両親の悲しみはたとえようもなく、はたで見るにも忍びないほどであった。

湛えられている水といえば、もう一か所、青葉公園の湖だ。人造湖ではある

上海・登 1631 部隊本部。プール（手前）の水を入れかえている

と思うが、水は青々としていた。湖の中央に中国式の「あずま家」があった。原色を使って中国式に塗ってあり、とても美しかった。「あずま家」と陸地には、細長く板橋が渡されていて、私も友人も板橋を渡り、「あずま家」に置いてある長椅子に腰をかけ、しばし異国情緒を楽しむこともあった。そよそよと、湖を渡って吹く風が心地よかった。

患者たちも、三々五々連れ立って、食後の散歩をしている。病棟内で、白衣の患者は見飽きるほど見ているのに、白日に照らされた患者の白衣の病衣が、すれ違う時に私の目には眩しく感じられた。自然の背景のある公園で見た白衣の患者に、たくましい男性の魅力を見たのであろうか。

ここで患者の白衣を紹介しよう。白衣は病衣ともいって、襦袢、袴下、上衣とでなり、冬は厚地のネルの布地。おもて側が木綿で、裏がネル地になっている。夏は、木綿の薄い布地で出来ていた。胸には赤十字のマークと、それぞれの階級章を付けることになっていた。白衣で散歩していても、下級兵になると、尉官の人達に逢おうものなら挙手の礼のしっぱなしで、くつろいだ気分にならないらしかった。

看護婦宿舎は営門の外にあった。まわりは田畠の広がりが見えて、本当に郊外にあり、赤煉瓦を使った二階建ての家屋だったが、何としても人員が多いので、宿舎も細長く、廊下の端から端までだいぶ距離があった。

宿舎の往き帰りに、病院の裏口にある営門を通る時、衛兵が立っているので、四十五度の敬礼をするのであるが、一日に何回もくり返すのが少し厄介なことに思えた。

宿舎では、書道、華道、茶道、謡曲、人形作り、日本舞踊などの希望教授が行なわれていた。月謝は不要で、たくさんの種目の中から二つ選ぶことが出来た。

私は謡曲と華道を習うことにした。華道の材料の花は、本部に行けば上海市内の一般市民から慰問の花がたくさんきており、稽古用の花にはこと欠かず、それを利用させてもらった。池坊流で活け上がった花は、本部や病棟などに飾った。

謡曲の先生は、上海市内から来られる六十歳前後の女の方で、流派は観世流だった。私も初めは、若いのに謡曲などしてもと迷ったりしたが、友人の勧めもあってやってみれば、日本古来の武士道とやらにも通じるようなところがあり、謡曲の持つ魅力にとりつかれてしまった。部屋の中での稽古は皆に迷惑をかけるので、夜間、洗濯物干場の広い空地で稽古をした。風の強い夜など、屋外で腹の底から思いつきり大声を出して謡った。今でいうストレス解消にもなった。寒声をとって、一時期声がからからにかれてしまったこともあった。

新しい生命

このたびの上海での最初の勤務は、軍属家族診療所であった。あまり長い病棟名なので、縮めて一般に「家診」と呼んでいた。家診は内科、小児科、産婦人科とでなっており、軍属の家族の人が主なので、地方の病院のような雰囲気があった。

家診の建物は飛行機の形をしていて、玄関のまわりには綿畠が広がり、白い綿の実が美しかった。蒋介石の奥方である、宋美齢の別荘だったという話もあった。

正面玄関から入ると、中央は円形のホールになっていて、大理石のモザイク模様が床一面に敷きつめられ、吹き抜けの天井にも、同じように天女や龍や花などの絵のモザイクが張られていた。二階への階段は螺旋式になっていた。相当のお金がかけられている、豪華なものであった。二階には、内科病棟の診察室と病室があり、看護婦の宿直部屋もあった。階下は産婦人科の診察室と薬局があった。階上、階下ともに翼に当たる、長い部分が病室に使用されていた。

ここの医師は、軍属待遇で医官といった。勤務体制は医官二名、婦長一名、看護婦五、六名のスタッフで行なわれていた。

私はこの家診で産婦人科勤務だったので、次々と新しい生命の誕生に出合い、これまた感動の連続であった。たくさんの奥様方の出産のなかでも、特別私のなかに強い印象が残っている方たちの話を順にわけて、書いてゆこう。

妊婦のAさんは、二十歳前後の若い可愛い奥さんだった。Aさんの周囲に年配の婦人がいなかったからか、初産のAさんにはお産に対する認識が不足していて、毎日が不安で仕方がなかったらしい。

産み月近くなると、赤ちゃんの胎動が活発になってくるので、赤ちゃんの手や足が、お母さんのお腹のあちこちに当たって痛む時がある。Aさんは、その腹痛の程度でもハイヤーで病院に駆けつけてくる。ちょうど夏でもあったし、大きなお腹をきつそうに抱えていた。ハイヤーから降りる時も、外から看護婦が手を引っ張り、中からご主人が尻を押すという具合だった。

姑さんがいないためか、のんびりと楽をしすぎて、お腹の赤ちゃんが肥りすぎだ。医官の診察の結果は、「まだまだ二、三週間は大丈夫」といわれ、しぶしぶ帰っていった。

一週間くらいしてまたやって来た。この時も、医官から「まだ子宮が高い位置にあるから、家で待っていなさい」といわれ、家に帰された。それから二、三日して、三度目にAさんはやってきた。ひと回りくらい年上のご主人は、Aさんが「病院に連れていってー」というたびに、お産に必要な物を入れた大風呂敷を持たされ、病院に付き添ってくる。

ご主人も、とうとう今度は苦笑いを浮かべながら、医官に頼みこんだ。

「先生、お願いです。入院させて下さい。何しろ家内は甘えん坊で、家にいても、いつ生まれるかとそのことばかりを気にして。病院に出かけるたびにアパートの奥さん方は〝いい赤ちゃんを産んでね〟と送り出してくれるんです。それなのに、病院に行ったり帰ったりで、私はもう恥ずかしくて……。どうぞここに置いて下さい」と、ご主人は偽りのない気持で訴えた。

Aさんはそのまま入院することになり、予定日より少し早く、大きな男の赤ちゃんが生まれた。ご主人の喜びようはひとしおであった。

妊婦のBさんは、高齢出産だった。なかなかのしっかり奥さんだった、という印象がある。赤ちゃんは女の子で、少し小さいようであった。

Bさんは産後のお乳が出なかった。私たちは交替で温湯で絞ったタオルを当て、乳頭の囲りを軽くマッサージをして、搾乳器でお乳を吸い上げようとしたが、非常に痛がった。吸引のさなか「痛いからやめてーっ」と叫ぶ始末に、とうとうその方法も放棄せざるを得なかった。

実際のところ、乳房にお乳が溜まっていて出ないという時にマッサージをされると、跳び上がるほど痛いというのはわかるが、でもそれをじっと我慢してお乳の塊りをほぐしてしまうと、お乳がぐんぐん湧くように出てくるものだ。される本人としては、それまでがなかなか辛抱できないらしい。

Bさんのご主人はいくつか年下の男性で、姉さん女房のBさんにとてもよく気を遣って、世話をやいていた。「どうにかして、お乳を出してやりたい」と思ったご主人は、自分が奥さんのお乳を吸い上げることにしたらしい。検温をするために病室に入った私は、「まあーっ」と危うく声が出るほど驚いた。べッドに横たわる奥さんの身体の上に自分の身体を斜めにずらし、頭の部分を奥さんの胸にうずめて、一心に奥さんのお乳を「チューーチュー」と吸ってあげているところだった。

私は自分のからだがくすぐったくなるような気がして、早々に病室を出たが、ドアのノックも聞こえず、私の病室の出入りさえも気づかないほどだった。このご主人のたゆまざる努力のたまもので、Bさんのお乳が湧き出るようになった。

このご主人の大きな愛って、すばらしいと思いませんか。

Cさんはお産がとても軽かったので、経産婦だったと記憶している。お産の寸前というのは、長い便秘が続いた後、腹痛を伴った強烈な便意をもよおすような、そんな気持がするものだ。それにあるかあらぬか、このCさんはよくトイレに行きたがった。陣痛が襲ってくるたびに「便所にゆかせてー。おねがいだから」とせがむのだ。そばのご主人の説得にも耳をかさないので、私たち看護婦が「赤ん坊がもうすぐ生まれるんだから、辛抱してね。したければそのまましていいのよ」といって聞かせても、Cさんの頭の中には、「便所」という文字がこびりついているらしい。なかなか聞き入れてくれない。

仕方がないので、差し込み便器を分娩室に置いて、その上に新聞紙を厚目に重ねて敷いた。重い身体を双方から支えられたCさんは、ゆっくりと膝を曲げ、中腰の状態になると、「うーん」と一声力んだ。と思った瞬間、驚いたことに便器の中に、いとも簡単に「すぽーっ」と赤ん坊が産み落とされた。文字どおり産み落とされた赤ん坊が、「オギャー」と元気な泣き声を上げたのにも、驚かされた。全くの安産で男児誕生だ。これがトイレの中だったらと思うと冷汗ものだった。この家診に約半年勤務後、寧波《ニンポー》の野戦病院派遣となった。

寧波にて

この寧波《ニンポー》というところは、杭州湾《ハンチヨウ》を隔てて上海の向かい側にある町で、邦人は約二百人くらい住んでいるということだった。

寧波は、蒋介石の生まれ故郷とも聞いた。寧波の病院には、上海第一陸軍病院から婦長一名、看護婦六名、計七名が三か月交替で派遣され、伝染病棟勤務となる。最初の頃は、六か月交替であったらしいが、何しろ若い男女ばかりのことで、いろいろと色恋の問題があり、顔と名前がわかる頃には交替になる、というわけだ。

たくさんの荷物を抱えて旅をする一般の中国市民と同乗の、賑やかこのうえない連絡船で、杭州湾を南下し寧波に到着した。私たちは、迎えに来ていた病院のトラックに乗ると、食べ物の匂いと油の匂いとが入り混じった、市場の雑踏にも似てゴミゴミとした町の中を通りすぎ、しばらく車に揺られ町はずれにある看護婦宿舎に到着した。病院外に宿舎があるので、病院との間には中国の民家が道の両側に散在していた。

看護婦宿舎は、土壁がところどころ剥げ落ちている二階建ての、農家を改造したものらしく、階下は右側の一部屋だけが婦長の部屋として使用でき、あとは物置同然の部屋で、古い農機具などが埃を被っていた。

六人の看護婦部屋は二階にあった。狭い急な階段を上ると、踊り場の左が板の間の細長い部屋で、そこに鉄製のベッドが並び、足元にあたる方に手箱が一つずつ置いてあった。あとには、空間があまりない狭い部屋だった。隣りの部屋がわりあいに広く、二十畳くらいはあった。畳も新しくはないが、一応ここが私たちの食堂とも居間ともいえる部屋になった。その部屋の窓のすぐ下に、音程の調子が少し狂ったオルガンが一つ置いてあり、食卓となる座卓が部屋の中央に、ぽつんと置いてあった。とにかく殺風景な部屋である。

その宿舎の二階から見えるものといえば、日本の田舎によく似た、田畠と農家。それに放し飼いの牛と豚と、にわとり。豚は黒豚が多く、私は初めてこの黒豚を見た。牛は、水牛も混じっており、牛の背中あたりに、たくさんの蝿の群が同居している。民家の屋根を越えて見える黒い建物は、明日から勤めることになる病院らしい。

ときどき牛たちの「モオー」と鳴く声が聞こえ、静かでのんびりした田園風景だが、若い私たちには少し淋しすぎるようで、今着いたばかりというのに、もう帰りたい、といい出す者もいた。

婦長以下私たちは、到着したことを本部に申告(挨拶)に行った。本部で、当部隊の副官は「現在、患者は衛生兵が看ているので、病室に関する一切の中し送りは、明日係の衛生兵が行ないます」といわれた。また週番の下士官は、「本部及び病棟は、井戸からモーターで水を汲み上げて、鉛管を通して配水されますが、宿舎には井戸がないので、瓶《かめ》の水を使ってもらいます。当地は水が汚いので、絶対に生水を飲んではいけません。必ず一度沸かして飲んで下さい。腸チフスや赤痢の流行地ですから」と教えてくれた。

全員はすぐその足で宿舎に帰り、宿舎のまわりを見て回ったが、あまりにも原始的な様子に驚くばかりだった。

手洗いの水、洗面用の水は雨水を一度樋《とい》に受けて、五衛門風呂の湯ぶねくらいの大きさの瓶に、貯水するようになっていた。雨が降り続いた時は、三つ置かれた瓶が満水になるらしいが、今は、雨の少ない十月の季節なので、瓶の水はそれぞれ三分の一くらいしか入っていなかった。瓶の水の上を流れる雲の間から、私がじっと瓶の中をのぞいて見ると、藁くずや木の葉などのゴミが底の方に沈んでいる。そのゴミの合間を縫うようにして、ボーフラが、水中でトランポリン遊びをしているようだ。底から跳ね上がってきては、浮いたり沈んだり。

風呂がまた大変なことだった。中国人の少年《しょうはい》が付近のクリーク（小川）から汲んだ水を桶に入れ、両肩にかけた天秤で運んでくるが、その川の水たるや土色に濁り、泥水に近かった。風呂桶は二、三人がゆうに入れるほどの大きさだが、濁ったお湯が、風呂桶の半分くらいしか入っていなかった。腰をおろし、しゃがんでみたら膝が出る始末だ。タオルでお湯を肩や背中に掛け続けないと寒かった。白いタオルは黄色く染まるし、「ああ、気持が良かった」といえる入浴気分には、ほど遠い感じだった。

少年が、一人でせっせと運んでくれた水だから、お湯が少ないなどと文句をいっては済まないと思う。中国語で盛んに使われる「没法子《メイフワズ》（仕方ない）」でゆくしかない、と諦める。

洗濯は、最後のゆすぎを天水でするが、少ない水で「ペチャ、ペチャ」と押さえるようにして洗った。水が少ないので、お互いに水の使用量を探るような目で観察していると思いたくはないが、やはり気にかかった。水道の蛇口から「ジャーッ」と勢いよく出る、飲める水がどれほど恋しかったことだろう。

その夜は、皆で「ああ嫌だ、嫌だ」の言葉の連続だった。これからここで、三か月の月日を過ごそうというのに。

次の日の朝、小さな洗面器に瓶の天水を半分入れて、歯を磨き口をゆすぎ、顔は指先で洗った。私はみじめさがわき、心の中で、「雨よ降れ降れ」と祈りつづけた。

皆で小言をブツブツいっているうちに、食事の時間がやってきた。食事は衛生兵が、本部の炊事場からお茶と一緒に運んでくる。「帰りたい」という、皆の離脱心を少しでも抑えるかのように、上海より食事の内容が立派だ。

朝食をすませ白衣に着替えると、婦長を先頭にして、全員が勤務先に向かった。田舎の道を、白衣で並んで歩く姿は、いかにものんびりとして、これが野戦だろうかと疑ったくらいだ。だが実は、川のはるか向こうは戦さが続いているそうで、そういえば、時々わすれたのを思い出すようにして、耳の奥で聞こえるほどの小さな銃声が、空に響いて聞こえてくる。

病棟に到着した私たちは、いろいろ病棟内のしくみを知らされた。内科病棟と、外科病棟は衛生兵が受け持っていること、伝染病棟は看護婦の仕事であることなどであった。上海からと寧波から、同時に交替看護婦が出発しているので、その間を衛生兵が、伝染病棟の患者も看ていた、ということになる。

病棟の診察室において、衛生兵と、患者の申し送りと業務の引き継ぎがあり、そのあと、診断係、薬室係、配膳係、被服係とそれぞれに役が決められた。私は被服係となった。

日が経つとともに私は、被服係の大変さを思い知らされた。被服倉庫には、洗濯されたシーツや袍布、病衣の類が、天井に届くほどビッシリ積んである。本当に一分の隙間さえもない整頓がなされていた。この中の一枚でも紛失すれば、始末書を書かされ勤務成績にもかかわるとか、全く気を遣う仕事ではある。ときどき予告もなしに突然、物品の検査があるらしく、これも頭の痛むことであった。

下着は患者自身が洗うが、病衣と袴下と帯は、一週間に一度交換することになっていて、交換のすんだ汚れた病衣は、クレゾール消毒液を入れたドラム缶に一昼夜漬けておき消毒をする。そして近くの中国婦人がやっている洗濯場に持ってゆき、交替に、洗濯してきれいになった病衣をもらってリヤカーで運び、被服倉庫に納める。

この仕事は、母親が子供に着替えをさせるようなものだ。いずれにしても、母親のような心配りが必要となる。そのためか、上海でもここでも、患者が「看護婦さん」と呼ぶのは初めのうちだけで、馴れてくると、室付きの看護婦のことを「カアチャン」と呼ぶ。うちのカアチャン」と呼んでいた。今思うと、兵士達はまだ二十歳代か三十歳前半である。心の中で常に母親を偲び、その母親のイメージを看護婦に求め「カアチャン」と呼ぶその言葉の裏に、「母恋し」と表現していたのではなかったか。とにかく若い私達は、みんなの「カアチャン」であった。

ここで私は、もう一つの名前を頂いた。それは「南京チャボ」。なんとこの渾名《あだな》、小さくて可愛いのか、お人好しで賑やかなのか、その渾名のわけを誰に聞いても笑うばかりで、教えてくれなかった。今でもそれは、私が抱いている謎の一つである。

煙よ天国に昇れ

入院患者の中にはアメーバー赤痢が多く、比較的軽症患者ばかりで、私たちの手をとる人は少なかった。だが腸チフス患者が一人、ぽつんと広い特別隔離室に隔離され、それも第二報（危篤）も出されており、すでに死を待つばかりであった。

私はまた、この患者の死を見送ることになった。

それは、宵番勤務の時であった。すでに腸出血を何回もくり返していた。食塩注射はたびたび行なわれていたが、今のように点滴注射などなかった時代だった。この患者も、すでに脳をおかされていた。私のこの夜は、この患者に付ききりであった。

続けて打つ、強心剤のカンフル注射のあとが蜂の巣のように硬くなり、針を刺す皮膚の余地さえなかった。顔の色は、薄い紙のように青白く透きとおり、目はつむったままだ。付き添っている私をびっくりさせるように、突然予告もなしに、その二等兵が暴れ出した。ぐっと目を見開いたS二等兵の、この痩せさらばえた身体のどこに、ひそんでいた力であろうか。これが最期の力というものか。右に左にと、身体を激しく動かし腕を振って、暴れるのである。女の力ではどうすることも出来ず、ただおろおろするばかりであった。

するとその時、その患者は、はっきりとした言葉で叫んだのである。「お母さあん。ラムネがのみたい。持ってきてくれー。早く！　早く！」と。私は、異様とも無気味ともとれる、その言葉つきに容態の急変を悟ると、病棟内の入口のそばにある明番看護婦の宿直室に走り、ドンドンとドアの戸を叩いた。部屋の中から、がちりと鍵が外されて、寝ぼけ眼の松本看護婦が起きてきた。

「あれえ。もう交替時間なのおー」

「違うのよ。早く仕度して。S二等兵がもう駄目みたい。すぐ軍医殿と婦長殿に連絡して……」

「まあ本当。わかった」

彼女のその言葉を背に、私は病室に駆け戻った。S二等兵の脈に手を触れると、まだかすかにあった。カンフル注射を打つ間もなく、軍医と婦長が駆けつけた。軍医は、心臓部に聴診器を当てたのち、懐中電灯で瞳孔反射を見たが、もうすでにS二等兵の瞳孔は開きつつあった。軍医は首を横に振り、駄目だ、と無言で私たちに告げた。

するることはした。尽くすことはつくした。だがおそろしい悪疫には、若いからだも勝てなかった。私は、最後の壮絶ともいえる言葉をこの耳で聞いただけに、たまらない気持だった。そして悲しかった。私は心の中でS二等兵に語りかけた。

「あなたは、よっぽどお母さんからのラムネが欲しかったのね。口の中が、からからだったものね。ただ唇をしめらすだけでは足りなかったのね」と。

それからしばらくして、コンクリート床の冷たい広い隔離病室で、S二等兵の死体解剖がはじめられた。胸部にまず鋭いメスが入れられ、まるで牛馬の死骸を切り裂くようにして、肉が剥がされた。あらわにされた肋骨。その下に隠れた、生の悪い魚の腹わたに似た赤黒い肺臓が、心臓が見える。チフスを患っていた腸は、数回の出血のために腸壁すらなくなっており、白い風船のように白く軽く、ふわふわしていた。元の腹部に戻そうとしても、なかなか入らないくらいであった。

深夜の解剖は、裸電球の下で、人々の呼吸の音すら聞こえない静けさの中ではじめられた。ただ、カチカチと触れ合う機械の音だけが、かん高い音を立てていた。

私が見た病床日誌の家族欄には、母一人と書いてあった。母一人、子一人のこの哀れともいえる運命を思えば、何と悲しいことであろうか。松本看護婦と二人で、ローソクのあかりと、線香を絶やさぬよう通夜をした。淋しい夜だった。

翌朝、S二等兵は荼毘に付されることになった。軍医、婦長、看護婦、衛生兵数名が参列した。衛生兵何人かで、担架にのせて運ばれて来た死体は、部隊のはずれに造ってある、長方型の焼却場のかまどの前に、一応担架のまま降ろされた。かまどの中にはすでに薪が二、三十束積んであり、それには石油がたっぷりとかけてあった。その薪の上には、大きな厚い鉄板が置いてあった。担架からその鉄板に、S二等兵の硬直した死体が、どさりと移された。

衛生兵の手でかまどに点火されると、入口の扉が閉められた。「どどどっ」という地鳴りにも似た音がすると同時に、かまどの中では火がゴオーッと燃えはじめた。炎はさかんにバリバリ、パチパチと燃えさかる。「S二等兵よ、さようなら」――そこに居並ぶ人々の思いは、同じであったろう。

すすり泣く声があちこちから聞こえて、兵士のラッパ手が吹く弔慰のラッパの音が、音韻をひいて鳴りわたり、また悲しみをそそった。すすり泣きの声は嗚咽にかわり、いつまでも絶えなかった。かまどの煙突から出る黒い煙は、しばらく中空をためらいながら、天に向かって昇っていった。

「かならず、極楽に行ってね。そして今度は、戦争のない平和な時代に生まれてきてね」と、私は心の中でS二等兵に合掌した。

野菊はやさしい花

寧波の町は、上海と違って日本人街というものがないので危険であるということで、特別な買物がない限り、もっぱら田園散歩を楽しんだ。勤務明けとか、休日を利用して付近の教会にゆき、中国の一般の人達と一緒にお祈りすることもあった。

その教会には知恵おくれの子供や、身障者の人達を収容してあった。それらの人びとを、お世話をされる中国人の神父さんやシスターの顔には、慈悲の心があふれていた。

二、三日続いていた雨も上がり、秋晴れのよい天気になった日曜日であった。いつも散歩をするコースに、クリークの流れがあった。そのクリークの上流の草むらに、まるで隠されてでもいるように、勇士の墓があった。私たちはその墓を見つけたとき、少しでも早く明るいところに出してあげたい、そんな思いに駆られ、墓のまわりの草をむしった。私と二人の友人は、あたりに咲き乱れている野菊の花を、墓前に供えた。そのうす紫に咲いたやさしい佳麗な野菊の花の色を、私は終生忘れないだろう。
その時のあふれる悲しみを、長く心に溜めおくために、私は詩を作った。

勇士の墓

草深い中国の田舎で私は見た
五つの朽ち果てた勇士の墓標を
墓標に記された筆太の文字は

年月を経て　風雨に消され
その名が誰であるかもわからない
詣でる人もなく大地に埋められた
竹の花筒には　花のかけらもない
勇士の墓標を囲んでまるで冥福を
祈るように　野菊の花がゆれていた

異国の地に、淋しく命果てた勇士のこと、その家族の悲しみを思い、墓前に涙する私たちであった。

私の見た地獄絵図

この病院の裏手の方に小高い丘があった。その丘はなだらかな、やさしい姿を持ち、薄い緑色の絨毯に覆われて美しかった。常日頃から、一度登ってみたいと皆で話題にしていた丘なので、休日を利用し、私を含めて三人は昼食の弁当を持ち、その丘へピクニックと洒落たのである。

田舎の白い道は細長く、うねうねと曲がり、どこまでも続いている。秋の空は、青々と澄んで、ところどころに白い雲を漂わせていた。私は幼い頃の遠足を思い出し、心もはずんでくる。私が何か唄おうよ、と言いながら唱歌をうたいはじめると、皆もそれに合わせて合唱となった。

　更けゆく秋の夜　旅の空の
　　わびしき思いに一人悩む
　恋しやふるさと　なつかし父母
　　夢路にたどるは　里の家路

　歌声は、秋空の澄んだ空気の中を、高く低く流れていった。歌も、流行歌になったり童謡になったりした。歌をうたって歩いているうちに、気がつくといつの間にか、もう丘の裾野を登りはじめていた。

　丘の中腹まで登った頃であった。バタバタバタバタと鳥のとび立つ音を聞いた。でも三人はまだ呑気なもので、

「あら、カラスよ」

「ほんとだ。上の方にカラスの巣があるかも知れないわね」などと、しゃべりながら丘をずんずん登っていった。だが、頂上に近づくにつれ、カラスの数が多くなり、その声も「ガア、ガア、ガア」と無気味な啼き声に、三人はとうとう無口になっていった。

私の胸の中は、不吉な予感でいっぱいになった。やっと丘の頂上に登り着いた時、地面に真黒くかたまっていた無数のカラスの一群が、バタバタバタ、と一斉に空高く舞い上がった。一瞬、風が起こり空が暗くなったように思えた。そのカラスの数は、数百羽、いや数千羽であったろう。ただならぬ異様な気配を感じ、私の目は、その広場に釘付けにされた。

そこには、この世のものとは思えない、地獄絵図さながらの場面が展開されていた。

なだらかな丘の頂上の、広場一面見渡すかぎり、死体の捨て場になっていた。寝棺のまま、あちらにもこちらにも、足の踏み場のないほど捨ててあった。古い棺の蓋は、雨風にさらされ腐ってしまい、ぱっくりと蓋が口を開けているのもある。寝棺そのものがばらばらに、分解されているのもあった。

その死体の数は、ざっと見渡しただけでも、五、六百くらいあったと思う。捨てられた死体は、肉はすべてカラスに食いつくされ、広場のいたるところに白骨となり、ごろごろと転がっていた。その白骨死体の群は、大かたが色褪せてボロボロになった衣服を纏っていた。

私の立っている、すぐ足元にある死体は、捨てられて日が浅いものらしく、まだカラスの食事中のものなのか、顔の半分はカラスにつつかれ、あとの半分は腐っていた。変色して、黒ずんでいるその腐った顔の肉は、カラスがつつきはじめたばかりなのか、皮膚の薄い皮がずるりとむけて、穴があいているところもあり、その部分から、どろりとしたような体液が表面に滲み出ていた。両眼とも、ギョロリとした大きな眼球がとび出しており、もうふためと見られるものではなかった。

私は恐怖のために足がすくんでしまい、全身に粟立ちをおぼえ、髪の毛が一本ずつ立ってくるように感じた。

一瞬の朦朧とした、悪夢のような状態からハッと我にかえると、腰を抜かさんばかりに驚いた。皆も私も異口同音に、物の怪に取り憑かれたように大声で、「カラスが人間を食べている。カラスが人間を食べる」と叫んでいた。友人たちも膝ががたがたと震え、足が地につかない様子だった。「キャアー、キャアー」とあらんかぎりの血の奇声をあげながら、お互いの衣服をひっぱり合いして、我れ先にと丘を駆け降りた。

少しでもおくれた者は、「待ってえーっ。助けてえーっ」と泣き叫び、まろぶようにして駆け降りてくる。私は、今にも死体の群が幽鬼のように立ち上がって、ヒヤリとした氷の手で衿首をつかみ引き戻される、とそんな極限の恐怖に追われ、まるで狂人さながら、もときた道を走りに走った。もう自分自身を守るだけでせいいっぱい、他人どころではなかった。

私たちは、一気に走り続けたので疲労困憊となり、もうへとへとで、その場に坐りこんでしまいたかった。もう本当に走れなかった。「ハァー、ハァー、ハァー」と、しばらくは、吐く息ばかりであった。命からがら走り続けた私たちの、持てる体力の限界を越えた心臓の鼓動の高鳴りと、呼吸の乱れはなかなかもとに戻らなかった。

恐る恐る振り返って見れば、丘はもう遠ざかって見える。悪魔の棲み家のような、怪奇の丘ともいうべき丘は、いつもと変わらないやさしい姿にかえっていた。皆は、やっと生気を取り戻し、顔を見合わせた。互いに見かわす顔の色は真青で、唇の色もなかった。

この恐怖の日から私は、あまり好きでもなかったカラスが、ますます大きらいな鳥になった。カラスが澄んだような声で、カア、カアと啼いている間はまだ心配はないが、「ガア、ガア、ガア」とだみ声で無気味に啼きはじめると、要注意である。

私が最近まで勤めていた病院は山の自然の中にあるので、カラスの飛来が多い。午後から夕方にかけて、カラスの群が例のガアガアと変な声で啼きながら病院の上空を旋回しはじめると、私たち看護婦仲間は、合言葉のようにいう。

「今晩か、それとも明日かね」と。

それは誰かが死ぬ、ということなのだ。実際にその夜か、二、三日して必ずといっていいくらい患者が死亡した。まだ人間が生きて呼吸をしているのに、カラスはもうすでに死を感知し、漂う死臭を嗅ぎわけていようとは。私は、カラスこそ非情ともいえる、死神の使いのような気がしてならない。

私があの時に見た、死体の群はどんな意味を持っていたのだろう。たしかにあれは、日本の兵隊のそれではなかった。やはり中国の住民だったのだろうか。しかしなぜ？

あの死体は間違いなく捨ててあった。とすると、病いで死んだ家族を、葬る刻さえなかったのか。ヒマラヤ地方に今も残る鳥葬のように、その土地の風習だったのか、などと回想をはじめると、今でも私の脳裏に鮮やかな映像で甦ってくる。あのきわみなき恐怖の場面が。

　怪奇の丘で死ぬほどの思いをした次の日、この話を軍医にしたところ、物好きにも軍医は、「よし。兵隊を連れて行って、しゃり頭《こうべ》を取ってこよう。そして床の間の置き物にするんだ」といって、必死に止める私たちの言葉も聞かず、兵隊を一人連れて出かけて行った。

　しばらくして、軍医たちは平気な顔をして、一つの頭蓋骨を持って帰ってきた。四、五十歳の男の頭蓋骨だそうで、頭骨にはまだ、ところどころ毛髪が付着していた。この軍医たちは、どのようにしてあの死体の山のなかから、頭蓋骨を探したのだろう。

　軍医は、シャツの腕をまくり、「カルキの中に漬けて、少しアクを取らにゃいけん」といいながら、大きなバケツにカルキを入れると、水をいっぱい入れて、その中に頭蓋骨をつけた。一時間くらいたって、軍医は、歯ぶらしで頭蓋骨の毛髪をゴシゴシとこすり落とそうとしていたが、なかなか取れないので、「こりゃなかなか取れんもんじゃなあ。当分漬けておかんと駄目だ」といって、そのまま宿舎にさっさと引き揚げていった。

さてその夜は、何かの都合で私が夜勤をすることになった。病室の裏手には、板で囲うようにして建てたバラックの洗面所と便所があった。まわりには空地が多く、傘をつけた電燈がところどころに付いていた。だがその灯りも、暗い闇に半分は吸い込まれるのか、うす暗かった。

便所の行き帰りに、必ずそこを通る。洗面所の板張りの台上に、例の頭蓋骨を入れたバケツが、ふたもせずに置いてあった。

バケツの水に浮かんでいる白い頭蓋骨。くぼんだ眼窩。穴だけが大きいそがれた鼻。上下の歯並びだけの口。私は、背中の中心に冷水を浴びたような、ゾーっとした恐怖に、慌てて病室にとび込んだ。

患者に大声で「あのバケツに誰か、ふたをしてぇ」と頼んで、ふたをしては貰ったが、私には、ふたがないのと同じだった。あの目が、あの口が、私の網膜にしっかりと焼きついてしまい、どこにゆくにも終始、私に付いて回った。その夜私は、十年以上も命の縮む思いをしたのである。

中国婦人とのふれあい

看護婦宿舎の裏に、中国の農家が何軒かあった。その農家の主婦たち二、三人に、交替で宿舎内の掃除や白衣の洗濯、その他の雑用などを頼んでいた。白衣の洗濯は、その農家に、それぞれ井戸があるので助かっていた。

農家の主婦連はとても親切で、言葉は通じなくとも、やる仕事はキチンとしてくれた。

そのなかで、とても感心したことがある。

それは、靴下の修理が大変うまいということだった。私たち看護婦の履く白い靴下の裏に何か所も穴があいている時は、その部分をきれいに全部切りとり、そのあとに、足の裏の形に切った白い布を当てて、こまかく小さい針目で縫いつけてくれるのである。丈夫で、いつまでも履けて重宝した思い出がある。

中国婦人は、手先がとても器用と聞いてはいたが、身近く接してみて、感心させられることばかりだった。

いろいろの記念日や祭日には、紅白まんじゅうが炊事の方から患者や職員に配られるが、食べさせてはいけない伝染病患者にも、人員分だけは配られる。それでその分を中国の婦人の方たちにわけてあげると、「謝謝《シエシエ》（ありがとう）」といって、何回も頭を下げてとても喜んでくれた。

さまざま思い出に残る出来事があったが、過ぎれば早いもの、三か月の任期も終わり、この淋しい片田舎の寧波を私はあとにしたのである。

レプラ患者

明くれば昭和十九年、戦局はいよいよ我が国に不利となり、南方戦線の各地では、部隊玉砕の声も聞こえてくるようになった。でもこの後方の病院内には、戦火を遠く離れた感があった。部隊内の演芸場では、人気芸能人の慰問演芸が行なわれたり、映画が上映されたり、また同好の人達ではじめられた俳句の会があったりした。俳句が好きだった私は、ときどき会に出席した。

話が少しあとに戻るが、寧波の派遣から帰った私は、第九病棟勤務となった。

第九、十病棟は、収容病棟になっていた。作戦の次第では一度に百人以上の入院があるのを、一応収容病棟に入れ、諸検査をするのである。第一に検便の検査がある。長細いガラス棒を肛門の中に入れ、そのガラス棒を試液の入った試験管の中に入れて攪拌する。第二は検痰の検査。カップに患者の痰を入れる。第三は、マラリア検査。耳を注射針でつつき、そこを絞って出た血液をガラス板に薄くのばす。そうした検体を、二階にあった検査室に持ってゆき、その結果を待つのだ。

外科の患者は別な病棟だが、ここは、内科の収容病棟である。検査の結果の出次第、各病棟に配置されていた。階上には、検査室と、マラリア患者ばかりを集めての研究もなされていた。

ある日、収容された患者の中に、レプラ（ハンセン病）患者が一人混じっていた。その患者は、一般患者と一緒に行動もし、収容されたのだが、いろいろの検査の結果、レプラとわかったのである。私たちはその患者を初め見た時、顔の皮膚の色が薄紅色で透きとおるように薄かったので、単純に慄麻疹でも出来ているのかと思ったくらいだ。

その患者は、早々に伝染病棟に隔離された。その後何か月か経ち、私は受け持ち患者が他の病院に移るので、その患者たちを護送して上海駅に来ていた。その時に、あのレプラの患者が一人、病院の大きなトラックに乗ってきた。トラックから降りて汽車に乗ったが、乗った汽車の箱は貸し切りで、広い車内に一人でぽつんと坐っていた。

囲りには、たくさんの人間ががやがやとやかましく、賑やかというのに、あれでは、砂漠の中の一人ぼっちと変わりはしない。不治の病、業病といわれていたレプラ患者を、あとにも先にも私は初めて見たが、最近では特効薬が発見されたそうで、治ゆ率も高いとか。何よりも喜ばしいことである。

神様は悪戯がお好き

患者たちは、全国津々浦々から集められる兵士なので、もちろん出身地も職業も多種多様である。職業も上は大学教授から、弁護士、俳優、教師、会社員、商業、農業といった具合に、ありとあらゆる人達の階層があった。

患者と一緒に送られてくる、美濃罫紙に複写で書かれた病床日誌が、本部の発着を通して収容した病棟内に回ってくる。その病床日誌がくると、表紙をそれぞれに付けて整理をするのであるが、私たちは、その病床日誌を見るのが楽しみだった。何故かというと、その病床日誌には、患者の一人一人の本籍地から出身地、出身校や職業、家族構成、妻帯者や独身の別がはっきりと記載されており、結婚用の釣り書きよりも確実なものだった。

ある日、大阪劇団に所属している、という女形の兵士が入院してきた。このように、近くの部隊からはたまに、小人数で入院の時もあった。この女形は、歩く所作など実に女っぽい。女である私よりも女っぽいのである。あれで第一線の兵士として役に立ったのかと危うんでみる。

そんなデレデレとしたことの大きらいな同室の上等兵は、一等兵の女形がときどき癇にさわるらしく、「気合いが抜けとるぞ。女の腐ったような恰好しやがって。しっかりせんか」と怒鳴っている。だがそれも糠《ぬか》に釘の喩えで、その時だけをうまくかわしていた。

そのうちに、好きな男性を見つけたらしく、始終べったりと付きまとい、その患者の身の回りの世話を、まるで女房のように小まめにやりはじめた。しまいには、一緒のベッドにもぐるようになった。

私も病室を巡回する時に、二人一緒にベッドに寝ているところを見たが、「もう消灯だから、自分のベッドで休みなさいよ」と生ぬるい注意をするだけだった。まさか、ベッドの布団のかげで、何が始まっているのか知る由もなかった。

その女形のことが、いつか患者達の噂するところとなり、婦長の耳にも入った。

「病室内の管理が徹底して、出来ていない」と婦長に、私たちの方がこっぴどく叱られた。女形の患者も転室になったが、またどこかで性懲りもなく、同じことをくり返すに違いない。あれが通称、「おかま」であることを知った。神様のちょっとした悪戯で、男が男でなかったり、女が女でなかったりするのだろうかと、ときどき私は思うのである。

阪妻と記念写真

この年の春、〝阪妻《ばんつま》が来る〟という噂に、部隊中が沸きたった。「狼煙《のろし》は上海に揚る」という映画を撮影するために、山田五十鈴《いすず》と一緒に、上海へロケにやってきたというのだ。

以前この部隊が千田部隊だった頃、山田五十鈴が慰問にきたことがある。当時副官だった某中尉が、五十鈴に向かっていったそうだ。「世をあげて戦っている時に、長い袖で派手な格好をして、でれでれするな」と。

あの時の五十鈴は、たしか長い振り袖姿だった。そのことが、嘘か真かわからないが、上海の地に来ていながら五十鈴の方は姿を見せずに、阪東妻三郎だけが、噂のとおりに当部隊にやってきたというわけだ。

〝明日阪妻が来る〟という前日のことである。私の受け持ちの病室に、もと新興キネマにいたことがある、という鷲野一等兵がいた。その一等兵が私に、「母ちゃん。俺、大友柳太朗に手紙を書くから、阪妻に頼んでくれよ」という。私は、「はいはい、いいですよ。そのかわりに早く書いてね」と、引き受けたのはいいが、内心しまったと思った。何といっても、映画界の大御所だったもの。

当日の朝十時頃、阪妻が本部前に到着し部隊内を歩かれる、という情報が入った。私は、この預かった手紙をいつ渡せばよいのか、おろおろと戸惑い、心が落ち着かなかった。他の大勢の患者と看護婦に混じり、青葉公園入口前で待った。

するとまもなく、軍刀や軍長靴の金具の音を、がちゃがちゃ鳴らしながら一行がやってきた。部隊長や副官ほか、十数名の尉官に案内された阪妻の姿が見える。

しぶい落ち着いた紺の背広姿。映画のスクリーンで見るより、ずっといい男だ。体格も堂々としており立派で、なかなかの美男子である。私は美男子に弱い方なので、これだけで目が眩むばかりだった。それなのに私は、今から大変なことをしでかそうとしている。

だんだん阪妻が近づくにつれ、大名行列を横切る直訴の大罪人さながらに、私の心臓の鼓動が激しくなった。

私のすぐ前に阪妻が来た時、大きく深呼吸をし、呼吸を整えると、一気に阪妻の前にとび出して行った。

私は、阪妻の前で深々と頭を下げると、「私の病棟の鷲野という人が、この手紙を大友柳太朗さんに届けて下さい、といっておりますが、お願い出来ますでしょうか」といった。突然とび出した私に、周囲の人たちはびっくりしているようだった。

阪妻は、私に静かに返礼をすると、

「はい、よろしゅうございます。大友さんは今、戦地に行っておりますが、早速届けておきます。私は、上海の第一ホテルに山田五十鈴さんと一緒に来ておりますが、ぜひお遊びにおいで下さい。看護婦さんのお仕事も大変ですね。御苦労さまです」といわれ、天にも昇るほどの嬉しさだった。

昼食がすんでしばらくして、阪妻が本部前で皆と写真を撮っていると聞き、本部前に行って見た。写真屋が二、三人来ており、阪妻と一緒に写真を撮りたい人は、列を作って待っていた。患者の中には自分のカメラを持った人もおり、看護婦や衛生兵で賑わっていた。

鷲野一等兵ほか二、三人の患者と、看護婦の某と私。阪妻と一緒に写真を撮りたくて来たのに、じっと待っていたのでは、阪妻の体がなかなか空きそうにない。私は、阪妻の前に走ってゆき（もう二度目だから度胸が出来た）、

「先程は、ありがとうございました。鷲野一等兵も一緒です。お願いします」

と鷲野一等兵にかこつけて阪妻の手を引っぱって来て、阪妻を中心にして四、五人が一緒に写真を撮り、出来上がった写真を、あまりにも嬉しかったので両親に送った。

阪東妻三郎と記念写真。登 1631 部隊青葉神社前で（昭和 18 年）

生涯の夫との出会い

戦いは、ますます激しく、上海の街にも、ときどき敵機が飛来するようになった。

ある日、上空で空中戦があり、戦闘機二機のうちの一機が、黒煙をもうもうと噴き出しながら、錐をもむようにして落ちはじめた。その場にいた全員は、「わあ、敵機がやられた」と手を叩いて喜んだ。しかし、だんだんその飛行機が地上に近づくにつれ、両翼の日の丸がはっきりと見えはじめた。私は一瞬息を呑んだ。

敵機だとばかり思っていたのが、味方のものだったことへの驚き。やっぱり悲しかった。

その飛行機は、黒煙をいよいよ噴き上げながら、いずれかに落下していった。私の心の中に、戦争に対する厳粛さが広がっていった。空襲警報が発令されるたびに、病院の庭の各所に掘られた防空壕に、一日何回も入ったり出たりをくり返した。

空襲に関する大本営発表のニュースを、本部発着所の尉官から口述で受けたものをノートに書き取り、病棟で待つ職員や患者に伝達をする。本部と病棟のあいだを走る飛脚にも似た役を仰せつかったのが、看護婦から私、患者からは、今の夫である市川であった。

本部発着前の大理石の廊下は冷えた。夕陽が沈んでからの廊下は、なお冷え冷えとした。いつ出るのかわからないニュースをじっと待っているのは、とても寒かった。全く未知の夫との、それが初めての出会いであった。

夫は当時、両肺に敵の手榴弾を受け、療養中の身であった。夫の話すところによれば、最前線で負傷し、手当てもされないまま三日間放置されていたそうで、発見された時は、口から血を吐きながら生きていたとか。最前線は、薬も医療品も不足しているので、負傷の程度を見て、助かる可能性のある方に医薬品を使用する、という話も他から聞いたことはあった。

発見されてすぐ病院に送られたが、マラリアを併発し重症になった。だが夫は、よっぽど寿命があったのか、日増しに快方に向かい、次々と後方の病院に転送されて、最後は上海の病院に転送されたということだった。

患者側から出ていた命令受領者の彼は、廊下に一枚毛布を敷き、もう一枚の毛布を膝にかけて坐っていた。私に「入りませんか」と声をかけた。男女交際のきびしい部隊内のこと、私は「いいえ、結構です」と断わった。だが、縁とは不思議なもの。その患者が、私の当時係だった配膳室に使役として入って来た。

この使役という言葉は、軽症となった患者で軽い労働のできる者は、薬局係や被服係、配膳係と、それぞれ役を持つ看護婦の手伝いをすることだが、本人の体力維持のためにも、退院や原隊復帰に備え体力回復の意味もあり、軍では公然のように許していた。

戦争の地域が拡大されてゆくたびに、負傷者が増えていった。部隊の中で、たった一つの慰め場所であった演芸場もつぶされ、病室に変わってしまった。臨時に作られた外科病棟なので、呼び名を臨外といっていた。そこが、私の新しい勤務場所となっていた。臨外の患者の数は約三百人くらいいたと思うが、その中で、ふたたび夫との出会いがあったのだから、因縁としかいいようがない。

配膳係は看護婦二名、患者五名で、配膳の時間が近づくと、リヤカーを引っぱって炊事場まで食事を受け取りにゆく。ここの炊事場は大人数の食事をつくる場所なので、なかなか広い部屋だ。普通に話す声では相手に聞こえない。私も初めて炊事場の中を見て回った時は驚いてしまった。

そこには、軍属の男の人が大勢働いているが、食事を出す時間の近づいた炊事場は、ばっかん（ごはんや汁やおかずを入れる容器で、頑丈にアルミニウムで作ってある）の当たりあう激しい金属音や、とび交う怒声、もうもうと立ち昇る白い湯気。まるで戦場のようだ。そんな炊事場から、受け取った食事を病棟の配膳室に運ぶと、各班の班長に手伝ってもらい配膳をする。そしてやっと、患者達の口に入ることになる。

一般状態の余りよくない、要注意患者の特別食の盛り合わせにも忙しかった。普通元気な患者と違った食事で、軟かいものを少しずつ盛り、おかずの品数も多く、果物の時も、果物の缶詰をつける時もあった。

毎日きりきり舞いの多忙の中で、未来の夫となるその人を、特別な目で見たことはなかった。だがある日、私と同じ宿舎にいた某看護婦が、

「あんたとこの配膳係にいる、ほら誰かの俳優に似ている、あの使役の患者を

私に紹介してよ」といった。そういった某看護婦の顔には、意味ありそうな微笑が浮かび、その微笑の中にみだらなものが垣間見えた。私は、「それ、誰のこと」と、わりに無頓着であったが、彼女のその微笑を見た時、一瞬ではあるが、ひらめいたものがあった。「あっ、市川だ。絶対にこの女性に、紹介してはならない」と。

それは、この看護婦は男好きのする、なかなかの美人だが、私たちの間では、浮気な女性と噂をされていた。患者に自分の方から声をかけ、夢中にさせておいて、最後は裏切る。患者の中には、自殺未遂や、失意に落ち込み、最前線に志願して行った者もあったと聞いていた。そのことを、彼女の微笑を見た途端、思い出したのである。

「私の大切な人だから、紹介するわけにはゆかないわ」と冗談だましに、口走ってしまった。それからは、今までと違った目で、その患者を見るようになっていった。人に隠れて、こっそり果物や缶詰を渡したり、ラブレターを渡したこともあった。

ある夜の空襲の時であった。防空壕の中には、向きあうようにして長椅子が置いてあり、真ん中が通路になっていた。その長椅子に、未来の夫と隣り合わせに腰をかけた。壕の中はうす暗かったが、どうにか人の姿、形は見分けられた。手さぐりで、靴下二足とマフラ一枚を渡し、精いっぱいの愛を表現した私であったが、その思いが通じたのか、先に引き揚げていた私に、その時のマフラを見せてくれた時は、とてもうれしかった。

終戦後の、お金も物もない、物があってもやみで物凄く高い、という経済不安定なインフレの時代が、私たち新婚の幕明けであった。夫も私もひまがあると、安い物を求めて他の県まで買い出しに行った。大根やゴボウ、人参や唐芋など。今ならスーパーで、どんな品物でも手に入るというのに。

夫も、仕事や買い出しの過労がたたり、もともと胸部を負傷していたその後遺症で、胸部の疾患をくり返した。「明日はどうして暮らしたら」という、そんな貧困の生活苦の時代もあった。長い結婚生活の間には、甘いことばかりはなかった。

離婚の危機が何回もあった。だが絶対に子供連を片親だけにはしたくない。これは私の、養父で育った極限の心情だった。

「知らぬ仏より、知った鬼の方がいい。まだやり直せる」という心から湧くような、この格言に助けられ、今まで我武者羅《がむしゃら》にやってきた。それからどうにか二人の娘にも大学教育を受けさせることが出来、四、五年前に小さいながら、家も新築した。夫も、弱い身体で三十五年も、一生懸命働いてくれた。

あの頃軍医から、「あと、二年の命です」といわれた夫も、今は元気で老後を送っている。

邂逅

昔、父と一緒の職場で事務をとっていた、黒石泰陳《やすのぶ》という青年がいた。私より二歳くらい年下だった。長身の好青年で、グループでよく遊んだ仲間だ。私は思いがけずこの人と、上海の陸軍病院で出逢ったのである。

ある日の午後、内科病室の入口の壁に掛けてある、患者の名札を見て歩いていた。人の名前というものは、面白いものだ。俳優の藤田進と同じ名前だったり、殺人犯の名前と同じだったりして。私が今だに記憶している名前の中に、「百足《むかで》今朝松《けさまつ》」というのがあった。

いろいろ考えながら、名札を見て歩く私の目に、突然、「黒石泰陳」という文字がとび込んだ。これには全く驚かされた。私は、病室の中に入り、並んでいるたくさんのベッドから、彼を探し出した。

あれだけ体格もよく、元気そのものだった泰陳君《たいちん》（グループの仲間での愛称）が強度のマラリアにおかされて、重症の域は脱したものの、身体の機能は不自由になり、言語もハッキリ聞き分けられないほどの障害が出ていた。あまりのなつかしさと、哀れな今の姿が重なり、私は泰陳君の手をとりながら泣いた。

言葉には出せないが、感受する神経には異常がないらしく、彼の驚きに見張った大きな目からは、涙が流れていた。

私も勤務の合間を見つけては、見舞いに行った。泰陳君も次第に元気を取り戻し、たどたどしいながらも歩けるようになった。私もほっとした安堵感を覚えた。言葉も、多弁だった昔のようにはいかないまでも、外国人が、片言の日本語を話すくらいには回復した。そして、他の患者に付き添われながら、私の勤務場所にも遊びに来るようになった。

その後しばらくして内地に送還され、彼との音信も途絶えていた。

それから三十年ほど経ったある日、ひょんなことから、また泰陳君と出逢ったのである。室内装飾の仕事を息子さんと二人でやっている、ということでわが家のカーテンを作ってもらった。

二人の息子さんを残されて、奥さんに先立たれた泰陳君であったが、もう泰陳君と呼ぶには、あまりにも年齢的にかけ離れた、白髪まじりのおじさんになっていた。

わが身果てても

私は、臨外に勤務する少し前に、手術室に勤務していた時があった。ある日の午後、陸軍のトラック三台で、急患が運ばれて来た。

敵機が去っていったので、高射砲部隊のある上等兵が、高射砲の砲弾を抜き取る作業をしていた。ところが、その上等兵の手先が、あやまって砲弾の雷管を叩いたために、砲は突然轟音とともに炸裂し、付近にいた三十数名の者が負傷したということだった。

担架で降ろされた将校や兵士達で、手術室や控室、そして廊下まで負傷者があふれ、まるで修羅場のようだった。顔面にこまかい破片の鉄くずが突き刺さり、両眼からは鮮血が吹き出している者。切れた足首が、皮膚だけの力でぶら下がっている者。大腿部から下の足が、とんでしまった者。目を覆いたくなるようなこの惨状に、私は危うく失神しそうになった。

すぐに軍医も看護婦も、非常呼集で集められた。次々と手術台に運ばれる負傷者達。数ある手術台も、突然のこの負傷者に、足らなくなった。手術中に死亡した者もいれば、手術の順番を待っていて、死亡した者もいた。

両眼から鮮血が吹き出ている患者を、手術室に運ぼうとした時のことだった。その兵士は、虫の息の下から「自分よりも先に、上官殿をやってあげて下さい」といって、どうしても聞かなかった。多量の出血のために、その患者もとうとう亡くなった。

自分さえ良ければ、自分から先にという人間が、私を含めて多くなってしまった現代から見れば、なんと美しい人間像であろうか。

この出来事は、味方のたった一人のミスのため、大勢の人命が、無駄に失われたのである。ミスをおかした上等兵は、砲の真下だったために、軽傷ですんだということだった。

ここで私は、生々《なまなま》しい傷の、むごたらしい思い出を書いてみたい。それは、まだ内地で私が看護婦の、修業中の出来事であった。

夫婦心中

いちばん最初に上海に従軍した年より二年前、私は、ある小さい、外科も内科も耳鼻科もあるという、町の開業医に住み込みで働いていた。

もう夜も十時は、すぎていただろうか。医院の玄関のガラス戸をドンドンと叩き、大勢のかしましい声と乱れた足音は、今から眠りにつこうとする私たちの神経を、不安に陥れた。

玄関のドアを開けると、急ごしらえの戸板の担架にケガ人を乗せ、数名の人達が、なだれ込むようにして院内に入ってきた。二つの担架のうち一つには男性が、も一つの担架には女性が乗せられていた。二人とも出血多量のために、顔面は蒼白で全く血の気がなかった。すぐに男性は手術室に運ばれたが、手術台が一つしかないので、女性は病室の方に運ばれた。

手術室では、まず男性の手術がはじめられた。他の医師にも至急応援を頼み、内科専門の院長の見守るなか、外科医二名の執刀である。

その患者は、腹を日本刀で十文字に割腹したあと、腹の深部まで、ぐりぐりと掻き回してあった。そのために腸がずたずたに切れていたが、医師たちは「腸は短くなるが、どうにかやってみよう」といって、腸をつなぎ合わせていた時に、胃の切れていたらしい部分から、夕食の残留物であろうか、どろりとしたものが腹部の方に流れ出した。それを見て外科医の一人は、「胃も切れていたのか。こりゃ駄目だなあー」と小さく呟いた。

この患者の意識は、わりにはっきりしていたが、「〇〇は、どうしましたか。助かりますか」と奥さんのことを尋ねたかと思うと、急に「俺は死にたい。早く殺してくれー。早く殺してくれー」と喚き続ける状態で、錯乱がひどかった。傷の深さと、出血多量のために、手術の最中に脈拍微弱血圧低下、そして呼吸が停止した。

遠い昔の、古武士の最期を想わせるような、そんな死にざまであった。

病室に運ばれた女性は、この男性の妻であった。日本刀で、背部から肺まで突き抜けるほどの深手を負い、口からひっきりなしに、血の泡ぶくを出していた。私たちは交替で、その血の泡を拭き取った。

その女性は、呼吸困難の息の下から「助けてーっ。助けてーっ」と、叫ぶばかりだった。酸素吸入や強心剤の注射以外、手の施しようもなく、患者を見守るしかなかった。夫より一時間くらいおくれて、その妻も死んだ。

血塗られた、阿修羅のような短い時間だった。

この夫婦心中とも思える経緯は、付き添って来た人達に聞いた話を総合すると、次のような話であった。

夫の勤めている工場はこの地方では大手の製綱所で、三交替制であった。妻は明るい性格で、魅力的でもあり、社交的だった。それに引きかえ夫は内向的性格で、嫉妬深い人間であったという。夫は四十歳くらいで、妻は三十四、五歳だった。二人の間には子供がなかったが、夫婦仲は悪くはなかったそうだが、ちょっとした隙間に魔がさしたのだろう。夫の友人が、ある日罪深くも「お前の奥さんには、好きな男が出来とるらしいぞ。気を付けた方がいいぞ」と告げたのである。

それを聞いた夫の胸の中は、嫉妬の炎が燃えはじめた。夜勤に出るふりをして、家の周囲を見張っていた。すると九時頃、妻の相手らしい男が、家に入ってゆくのを見て夫は逆上した。こうなれば、もう言いわけや話し合いなど無用であった。隠し持った日本刀で男を追いかけたが、素早く逃げられ、また追いかけている時に、妻がその男を庇うようにして身を投げ出したのである。男はその時にかすり傷を受けただけだった。

夫が、嫉妬に狂うほど愛した妻の、背部から刺したそのはずみの傷は、肺にまで達する深い傷だった。そして、妻の血で塗られた日本刀で、今度は自らの腹を、十文字に掻っ切って死を図ったという話であった。ケガ人を見たあとなので、その場面の壮絶さが、目の前に浮かぶようだった。

今あの二人は、天国でどのようにすごしているのかと、ふと思い出す。

飢餓の御霊よ安らかに

沖縄危うし、というニュースに、私たちの遠く祖国を離れての不安は、つのるばかりだった。それを裏書きでもするかのように、毎日大勢の患者が前線から送られてきた。

最前線は、食糧不足となり、木の根や草の根、雑草や水ばかりで過ごす日もあったとか。それで戦さが出来るはずもなく、つぎつぎと兵士は栄養失調で倒れていった。栄養失調の症状は、顔の頬はこけ、目ばかりが大きく、身体はがりがりに痩せ細り、それに反するように腹部だけが、異常に膨れていた。

今まであまり食べ物らしいものが胃や腸に入っていないので、内臓の働きも鈍くなっているのだ。ちょうど、機械が動いていない、倒産寸前の工場に似ている。粥も、重湯《おもゆ》から三分粥、五分粥、全粥と徐々に殖やしてゆかなくては、内臓とのメカニズムがうまくとれない状態だった。

消化力の低下のために、食べ物が身体に入れば、必ずといっていいくらいに下痢をする。患者達はガツガツと食べたがるが、一度に食べ物を胃に送り込むと、折角、少しずつ動き出した胃が、たくさんの物を受け入れないので危険である。

重症の患者の方に、手がかかるので少し回復のきざしの出た者に、自分で食べさせたところ、少しずつ食べるようにと、くどくいって聞かせてあるにも拘わらず、一度に口の中につぎつぎと、つめ込むようにして食べたらしく、お粥を食べながら、またスプーンを手にしたまま、亡くなった者もいた。

脳にも、栄養がゆかないのか、「聞く、考える」という能力さえ、低下していたようだ。とにかく、飢餓の状態で、死を迎えねばならなかった人々が、哀れでならない。

物がふんだんにある豊かな今に、生きている我々は、この人たちの御霊に対しても、食べ物を粗末にせず大切にして、毎日の感謝を忘れずに生きてゆかなくては、と思うのである。

看護婦も銃剣術を

いつの頃からか、看護婦も銃剣術の練習をするようになった。

宿舎の庭先に、等身大の藁人形が据え置かれて、衛生兵長の指導で行なわれた。銃の先に剣を付けた銃を右わきに抱え、両手でそれを支えて持ち、身体の平衡感覚を整えると、藁人形の標的に向かって、「ヤアーッ」と腹の底から出す大声と一緒に駆け出してゆく。だが、ちゃんと狙い定めているはずなのに、突進している間に、銃の重さに目標から逸れて、藁人形の中央にはなかなか命中しない。兵長の「何をしとるかっ。しっかりせえ」と、容赦ない怒声がとぶ。

私も他の看護婦も一生懸命、特訓を受けた末、やっと藁人形の中央に突き刺さるようになった。ところが私が刺した銃が、藁人形から抜けなくなり、全身の力を込めて引き抜いた途端、尻餅をついてしまった一幕もあった。

その頃は日本でも空襲がくり返されて、女、子供が、竹槍の稽古に励んでいたそうで、まさに国民総いくさの刻が来ていた。

子供をこの手に抱かせて

その後私は内科病棟勤務になり、結核患者を受け持っていた。一日中マスクをして、頭髪を三角布で覆って働いていた。宿舎に帰る前には、一応伝染する病気なので、入浴して身体をきれいにして帰っていた。

その頃私たちは、白衣は空襲の時敵機に見られやすいからとの理由で、緑色を着ていた。若草色の木綿で上下に分かれており、下はモンペ式のズボンだった。緑衣の天使である。

収容している患者の痰の中から、結核菌が検出されると、開放性結核ということで、南京にある結核病院に転送していた。結核菌が痰に検出されるまで、なかなかわからないことがある。

或る四国から来ていた看護婦は、本人の自覚症状は全くなかったし、はた目にも健康そのものに見えた。健康管理のための健康診断でたまたま検痰したら、結核菌のガフキーが出た。その看護婦は隔離病室に入院となったが、精神的なショックが大きく、それから、がたがたと健康状態もくずれ、症状が悪化していったという例もある。

最近は、結核は簡単に治る病気と思いがちだが、発病した初めのうちに、しっかり養生をしないでこじらせてしまうと、やっぱり怖い病気である。現に再起不能になっている人もたくさんいる。結核の薬も、つぎつぎと開発されてはいるが、菌の方も強くなり、また別な薬の開発が要求されるという、イタチごっこのくり返しだ。

肺の中を網の目のように食い荒らし、空洞を作ってしまう結核菌。この菌は、肺だけでなく、全身至るところに付着するので、やはり怖い。それに、相手の菌の姿が目で見ることが出来ない。そしてどこにでもあって、自分も少なからず持っている事実だ。

何の病気にでもいえることだが、結核もいちばん早く治る近道は、やはり早期発見にあると思う。早ければ早いほど、治りも早い、当然のことのようだが、先ほど話した例のように、実際にはこれがなかなか出来ない。気が付いた時には、かなり悪化している場合がある。

注射薬の、ストレプトマイシンが出回り出したのも戦後である。ストマイやカナマイという注射薬も、副作用があり、ストマイつんぼ、カナマイつんぼという言葉が生まれたほどだ。個人によっては、いろいろの反応の差がある。全く副作用の出ない人は、どんどん集中的に治療もはかどるが、人によっては使用できない薬もあるらしく、なかなかむずかしいものらしい。

まだ結核の特効薬がなかった戦時中、上海の病院で死んでいったある兵士の死に際が、私の脳裏を離れない。今まで登場した人物はほとんど仮名を使ったが、この丸山一等兵だけは、実名であるが、氏だけしか記憶にないのが残念である。

結核病室の個室に、二報（危篤）の出ていた患者がいた。丸山一等兵といっていた。病名は数え切れないほどあったが、「漿液膜結核」という最後に付いていた病名だけを覚えている。この患者の余命も、いくばくもない様子が見られていた。呼吸困難がずっと続いているので、酸素吸入をかけていた。

私はまた、この人の死を見送ることになった。

結核患者は例外を除いて、意識が最後まではっきりとしている人が多い。ちょうど、宵番勤務の夜、十一時頃だった。酸素を吸う息苦しいなかから、力のないうつろな目で私を見上げると、

「か、か、か……かんごふさん。自分に男の子が生まれました。妻から手紙が来ました」という。

「そう。それはお目出度う。お父さんになったのだから、しっかりして元気を出すのよ」と、私はやがて来る死を知りながら、励ましてあげなければならなかった。この言葉が空虚で、いちばん無責任なことを誰よりも知っていた私だった。

「それがねえ……。けっこんして三日目に召集されました。ほんとうにじぶんの子でしょうか。わからんのですよ」

「それは丸山さん。あなたの子よ。あなたの子供ですとも。一度でも夫婦としての契りを結べば、ちゃんと子供は出来るものですよ」

「そうですか……。そうですか。自分の子供が生まれたのですね。自分の子が生まれたのですね。ああ……。一度でいいからこの手に、子供を抱いてみたい」

乾いて光を失っている眼に、うっすらと涙が光った。「子供を……」と痩せ細った腕を、動かす力もないのに動かそうとする。くぼんでしまった目。とがった鼻。かさかさに乾いた唇と皮膚。生命の灯が消えんとする今、人間の本能か、わが子を抱きたいと願う、この小さな願い。

感情の表現に乏しい動物でさえ、逢いたいと思う妻や子に、逢うだけの自由はあろう。私は今、この人に死に水以外、何を与えてあげることが出来るというのか。何をかなえてあげられるというのだ。

わが胸のうちの、悩みと苦しさを打ち明けた心の安堵からか、脈拍は弱く、身体のどこかにまるで潜ってゆくように、私の指先の感触から消えてしまう。無駄なことと知りながら、強心剤の注射を打ち続ける。だがその注射液は、生命のともしびを掻き立てる役にも立たず、燈芯の灯が静かに消えてなくなるように、この人の生命も、はかなく消えていった。

この世に神あらば伝へて下さい妻や子に
　哀れなるこの　丸山一等兵の死を

今日ありて明日なき命のはかなさに
かなしきものの　こみ上げてくる

生と死の境が全くなかったような、丸山一等兵の安らかな死。死に顔には、静かな頬笑みさえ浮かんでいるようだった。私は、死亡の報告を誰にするという心のゆとりもなく、半開の眼《まなこ》を閉じてあげながら、白衣を顔にかけていった。

病室の外には、丸山一等兵の死を悼むように、小雨が降り続いていた。

たくさんの人々に死を強いていた日本の戦争にも、やがて敗戦のきざしが見えはじめていた。

あとがき

私は、青春時代より今の年齢に及ぶまで、看護婦という職業柄、たくさんの人達の死に立ち会った。

終戦後はしばらく、子育てのために家庭にいたが、ふたたび、昭和三十九年一月より五十九年三月まで二十年間、近くの或る病院で働いた。その病院は、結核療養所として長年の歴史を持っていたが、一般的に栄養などもよくなり、特効薬もつぎつぎと開発される時代の波に、結核も斜陽となり、患者数も半減した。そんな時、老人の増加と老人病の多発という現実をとらえ、老人病棟を新設し、ますます発展している。

老いて死するのは当り前のことと割り切ってはいるものの、そこにまた、人生の無情さを感じるのである。

私はこの手記を、記憶の新しい頃から、何十年もかけて綴ってきた。若くして散っていった多くの人達が、国を信じて、あとに続く者によかれと逝ってくれたことを忘れない。その霊の慰めになるなら、どうにかして、世間の人たちに「こんな哀しい死もあった」と知って頂きたいために、書き続けた。

今日の家庭内暴力や校内暴力、その他の犯罪などは、自己中心の甘えから起きるのだと思う。これから先の日本を背負って立つ若者が、こんなことではいけないと思う。

だが私は、若い人がすべてそうだとは思わない。なかには、私たちも及ばない立派な考えの持ち主もいる。それだけでも救われるようだ。

何もかもが豊かになりすぎたが故に、周囲にまで心配りをすることが出来なくなった、とは嘆かわしい現状ではある。今の生活の豊かさは、戦地や内地で、